# MICHEL BOUQUET

*raconte*

# MOLIÈRE

# MICHEL BOUQUET

*raconte*

# MOLIÈRE

Préface de Fabrice Luchini

Philippe Rey

L'éditeur remercie Juliette Delattre de son travail de documentation.


7, rue Rougemont – 75009 Paris
www.philippe-rey.fr

# Préface

On m'a demandé d'écrire une préface au livre de celui qui est l'une des plus belles rencontres de mon existence de comédien : Michel Bouquet.

Je repense à 1973 : jeune comédien – j'avais dû tourner à peine un film –, je me retrouve face à l'extraordinaire Michel Bouquet. On est dans une cuisine, il joue un père qui ment sur sa cécité, un homme faussement aveugle. Et moi je suis un jeune acteur, porté par son incroyable chaleur, son incroyable bienveillance.

Nous arrivons au moment de la prise. Le dialogue commence par une phrase de Michel Bouquet :

– Tout le monde me quitte, je suis sûr que c'est pour cette fille que tu me quittes, Vincent.

Et là, il m'a montré un des mystères les plus immenses du métier de comédien : l'écoute. Je me suis contenté de l'écouter. Ce n'est pas une chose facile, mais être face à

Michel Bouquet – cette voix unique, cette tessiture, ce phrasé si remarquable, cette sonorité – m'a entraîné à l'écoute sans effort, et j'ai simplement répondu :

– Mais je viendrai te voir, papa. Je viendrai te voir la nuit.

Il m'a alors répliqué :

– La nuit, le jour, où est la différence ?

Dans ma vie, le cours de Jean-Laurent Cochet m'a amené à mieux connaître l'œuvre de Louis Jouvet, dont ces deux personnes – Cochet et Bouquet – sont issues, en quelque sorte.

Michel Bouquet a une phrase très belle pour parler de Louis Jouvet, il disait : « C'est notre dalaï-lama. »

Il y a chez Bouquet une obsession de la partition, il y a aussi une composante janséniste, comme chez Louis Jouvet, une haine du « moi » s'assouvissant. Son ambition est de disparaître, pour que l'auteur, surtout Molière dont il a été un des grands interprètes, se révèle.

Michel Bouquet est dans la droite ligne de ce que Jouvet demandait aux comédiens, et il m'a montré ce chemin, qui est celui de la drôlerie, de la fantaisie, d'une rigueur extraordinaire.

Michel est drôle et en même temps grave, et il m'a certainement révélé ce qu'était une forme de fraternité dans notre métier.

Jouvet dit que toute sa propre œuvre écrite, qui est considérable, commence souvent par une phrase qui est le signe clinique d'un tempérament anxieux, pour qui le théâtre n'a jamais été éloigné de la fraternité. Eh bien, je pense que

que Michel Bouquet, avec son épouse Juliette Carré, sont, à leur manière et avec leurs personnalités, des disciples de ces phrases, des « tempéraments anxieux » pour qui le théâtre n'est jamais éloigné de la fraternité.

Molière a toujours été pour Michel – comme pour Louis Jouvet et Jean-Laurent Cochet – une obsession, une fascination. Bouquet a joué par ailleurs Thomas Bernhard, Harold Pinter, Jean Anouilh, Samuel Beckett et tellement d'autres grands auteurs. Mais son enracinement, sa matrice, l'endroit où il trouve une profonde composante d'humanité, se trouve dans Molière. Il en a été un serviteur extraordinaire, il est certainement un Malade imaginaire unique. Pour moi, quand Michel Bouquet parle de Molière, je retrouve les accents, les mêmes inquiétudes, les mêmes interrogations que l'on trouve dans les grands textes dactylographiés par Jouvet au Conservatoire.

Michel Bouquet est le serviteur des auteurs, et je pense que, dans sa cosmogonie, Molière en est le patron éternel.

Fabrice Luchini

« …ne consultons dans une comédie que l'effet qu'elle fait sur nous. Laissons-nous aller de bonne foi aux choses qui nous prennent par les entrailles, et ne cherchons point de raisonnements pour nous empêcher d'avoir du plaisir. »

*La Critique de l'École des femmes*
(acte I, scène 6)

*Portrait de Molière*, par Pierre Mignard

J'ai joué Molière, toute ma vie.

C'est un théâtre de chair, qui n'est pas intellectuel. Il se situe au-delà, dans l'exacte vérité des choses.

Molière est unique par sa sincérité : rendre compte de ce qu'est l'homme avec ses défauts, en rire ou s'en émouvoir, ne pas juger.

Mais c'est aussi l'un des théâtres les plus difficiles à jouer, une épreuve pour les acteurs, comme si on entrait dans un combat avec soi-même, un combat à mains nues.

# 1
# Ouverture
## *Manger la tête de Molière*

Un jour, au Palais du Louvre, le jeune Louis XIV convoque la Cour, fait dresser une petite table et annonce : « Me voilà occupé de faire manger Molière, que mes officiers ne trouvent pas assez bonne compagnie pour eux. »

Les grands seigneurs ricanent : « Voilà encore une de ses folies. » Quand le comédien arrive, le roi le fait installer à sa table et le sert lui-même. Ils dînent tous deux devant la Cour effarée. Le repas terminé, le roi déclare : « Messieurs, nous avons donné à manger à Molière. »

C'est une preuve d'autorité absolue que de forcer la Cour à assister à ce repas. Le roi invitant un valet à sa table ! En effet, Molière a hérité de son père la charge de « valet du roi », selon laquelle il doit superviser les préparatifs de la chambre et du lit du monarque durant trois mois chaque année. On imagine les aigreurs, les rumeurs, les jalousies qui bouillonnent dans le cœur des courtisans.

*Louis XIV et Molière déjeunant à Versailles*
*par Jean-Auguste-Dominique Ingres*

Juste après ce déjeuner, se produit un horrible incident. Selon l'un des premiers biographes de Molière, Bruzen de La Martinière, qui a interrogé Marcel – vieux comédien de la troupe encore vivant –, Molière, en descendant l'escalier du Louvre, croise le duc de La Feuillade, futur maréchal de France : « Le duc de La Feuillade s'avisa d'une vengeance aussi indigne d'un homme de sa qualité qu'elle était imprudente. Un jour qu'il vit passer Molière par un appartement où il était, il l'aborda avec des démonstrations d'un homme qui voulait lui faire caresse. Molière s'étant incliné, le duc lui prit la tête, et, en lui disant : "Tarte à la crème, Molière, tarte à la crème", il lui frotta le visage contre ses boutons qui, étant fort durs et fort tranchants, lui mirent le visage en sang. Le roi, qui vit Molière le même jour, apprit la chose avec indignation, et le marqua au duc, qui apprit à ses dépens combien Molière était dans les bonnes grâces de Sa Majesté. »

Cette scène me bouleverse : je vois le plus grand de nos écrivains, la tête frottée et blessée contre des diamants acérés. C'est une atroce métaphore de l'esprit broyé par l'argent et l'aristocratie. Le visage ensanglanté de Molière, son humiliation me serrent le cœur.

Cette anecdote, vraie ou fausse, révèle le mépris des seigneurs, le message qu'ils adressent à Molière – et avec quelle violence : il ne doit pas tenter de s'élever au-dessus de son échelon social. Il faut dire tout de même que, dans *La Critique de l'École des femmes*, il a ridiculisé un personnage de marquis pour son manque d'esprit, en lui faisant répéter indéfiniment, pour appuyer un faible jugement : « Tarte à la crème. »

Mais, pire encore, aux yeux de tous : Molière est un comédien. Les comédiens... existe-t-il à l'époque profession plus vile ? L'Église les a exclus de la communauté chrétienne depuis le IVe siècle, les spectacles sont interdits aux fidèles. Au XVIIe siècle, l'archevêque de Paris élabore un rituel d'exclusion des comédiens. Ils n'ont plus droit aux sacrements, ainsi qu'à leur suite les machinistes, décorateurs, perruquiers, habilleuses...

Bossuet, évêque de Meaux, grand écrivain, du haut de sa chaire condamne avec virulence les actrices : « N'est-ce rien d'immoler des chrétiennes à l'incontinence publique, d'une manière plus dangereuse qu'on ne le ferait dans des lieux qu'on n'ose nommer ? Quelle mère, je ne dis pas chrétienne, mais tant soit peu honnête, n'aimerait pas mieux voir sa fille dans le tombeau que sur le théâtre ? L'ai-je élevée si tendrement et avec tant de précautions pour cet opprobre ? »

Même Racine défend à son fils d'aller au spectacle !

Du point de vue de l'Église, l'excommunication des comédiens se justifie car ils commettent un acte absolument scandaleux : de quelque chose de fictif, ils font une réalité organique, vraie. Un comédien se nourrit d'une création de l'esprit – le personnage – et, le temps d'une représentation, en fait un être avec une naissance, une vie, une mort, un destin. C'est un blasphème à l'égard de l'être vivant, dont l'existence, selon l'Église, doit être encadrée, contenue dans les limites de la vertu et de la morale qu'elle a enseignées.

La chance de Molière est qu'en son temps le roi Louis XIV, âgé alors d'une vingtaine d'années, sa mère, Anne d'Autriche, et son frère, Monsieur, sont friands de théâtre et accordent leur protection aux troupes de comédiens. Ils les mettent ainsi à l'abri des menaces d'interdiction proférées par les fanatiques de la religion.

Une autre anecdote confirme le mépris dans lequel on tenait les comédiens. Elle est rapportée par Bellocq, valet de chambre du roi. Un jour que Molière s'avance pour faire le lit royal aidé d'un autre valet, R., ce dernier se retire brusquement en prétextant qu'il ne travaillera jamais avec un comédien, que ce serait un trop grand déshonneur. C'est Bellocq qui sauve la situation en proposant : « Monsieur de Molière, vous voulez bien que j'aie l'honneur de faire le lit du roi avec vous ? » Peu de temps après, le roi a vent de cette histoire et réprimande fortement le valet R. Belle illustration du soutien du souverain à Molière, soutien qui ne cessa jamais jusqu'à la mort du comédien.

Je me dis aujourd'hui que, si Molière a trouvé la force et le courage de braver ainsi les jugements brutaux, les ostracismes tranchants, la condamnation aux Enfers, c'est que son désir de jouer, de vivre la vie magique des tréteaux et des scènes a été d'une puissance sans égale.

Le théâtre est à mon sens le seul endroit où l'on peut dire toutes les vérités, les plus agréables comme les plus ingrates. Même dans les églises, ce n'est pas permis !

Le métier de comédien est beau car, tout en paraissant s'exercer à la surface, il va au plus profond de la vie. L'art de l'acteur, c'est aussi l'art de refaire. Il faut réinventer presque tout de son personnage, chaque soir. Repartir de zéro. Ce métier a été aussi longtemps scandaleux, réprouvé par l'Église, parce qu'il est outrecuidant par rapport à la vie : il donne une place de réalité à une fiction, et recommence tous les soirs.

Un aspect important dans le théâtre, c'est l'aspect moral. Il pousse à réfléchir, interroge la beauté, la rend visible. Les spectateurs au théâtre reçoivent une réponse provenant d'un auteur, d'un homme qui a une vision personnelle de la marche du monde.

Être comédien, selon Charles Dullin et Louis Jouvet – mes maîtres absolus –, signifie être un homme ou une femme qui se prête à d'autres, qui cherche un changement de personnalité, pour arriver à celle du personnage qu'il interprète. Être comédien est un devoir d'humilité. Le théâtre n'est pas fait pour l'acteur, mais pour l'auteur et le public. Lorsque je joue *L'Avare*, il faut que Molière et le public se serrent la main.

J'ai un amour énorme des grands auteurs. J'aime être avec eux, j'aime être avec Molière. Je trouve qu'il est la perfection humaine. Ses mots sont extraordinaires à prononcer. Il oblige ses acteurs à la vérité.

J'ai employé l'expression « manger la tête de Molière » pour exprimer mon désir de tout savoir des intentions de l'auteur lorsque je travaille un rôle. Molière consent à livrer une partie de lui-même, mais il y a une autre partie qu'il cache, une partie secrète qui apparaît à son insu, au fil des situations créées dans ses pièces. En les analysant, on s'aperçoit que la situation, très souvent, dit bien plus que les mots. Lorsque le comédien arrive à lui extirper ce qu'il cache, il devient maître de Molière, il a, en quelque sorte, « mangé sa tête ». À partir de ce moment-là, il peut commencer à jouer.

Molière, d'ailleurs, avait du mal à se livrer. Quitte à paraître audacieux, je dirai qu'il n'était pas doué au départ, les mots ne lui venaient pas facilement. C'était un amateur, et il écrivait pour vivre car il dirigeait une troupe. Chaque jour, il se répétait : « Il faut que j'écrive, qu'on fasse des représentations, que ça rapporte. » Il était habité par le besoin d'exprimer la vérité, d'en rire et d'en pleurer. Et même de mourir en montant sur scène. Un chemin de croix terrifiant. Son absence de talent l'obligeait à avoir du génie. À force d'extravagance, d'outrance, doté d'un tempérament incomparable, il est mort usé par lui-même. Destin affreux, prodigieux, héroïque ! Molière, c'est un cerveau fruste, simple, élémentaire, mais c'est le cerveau le plus puissant !

Après des décennies passées à le lire, le jouer, le fréquenter comme mon plus grand maître, mon meilleur ami, j'avoue que je ne le comprends toujours pas vraiment. Avec Molière, on connaît la difficulté d'évoquer quelqu'un qui ne veut pas qu'on parle de lui. Il n'a laissé aucune correspondance, aucun journal, aucun document intime qui pourrait nous éclairer sur sa personnalité.

Qui veut écrire sur Molière frôle le ridicule. Je vais prendre ce risque, car un comédien n'est pas un homme de lettres. Ce livre est mon portrait de Molière. Mais, comme une peinture d'Arcimboldo, il sera fait d'éléments disparates qui, réunis, formeront un ensemble ressemblant, je l'espère. Agissant ainsi, je crains d'imiter La Feuillade et d'écorcher le visage de Molière.

Mais moi, à la différence de ce vil seigneur, je le respecte infiniment et je l'aime.

# 2
# Fils de marchand tapissier

Je me suis toujours demandé comment est venue à Molière la vocation de comédien. C'est un mystère, car aucune information ne subsiste de sa jeunesse susceptible de nous révéler l'étincelle qui a métamorphosé ce jeune garçon, né au cœur de Paris dans une famille de bourgeois commerçants. Les spectacles de rue ? Ses lectures ? Ses rencontres ?

« Du samedi 15$^{e}$ janvier 1622 fut baptisé Jean, fils de Jean Poquelin, marchand tapissier, et de Marie Cressé, sa femme, demeurant rue Saint-Honoré. »

Premier fils d'une famille de six enfants dont trois mourront très jeunes, Jean-Baptiste (on lui accole vite ce deuxième prénom pour le distinguer de son père) grandit dans cette rue Saint-Honoré proche du Louvre où vivait alors la famille royale, une rue peuplée de tapissiers, d'orfèvres, de merciers, de drapiers, de bonnetiers, et pas loin des Halles où s'entassaient les fournisseurs de bouche : maraîchers, bouchers, fromagers, poissonniers, viticulteurs… J'imagine le jeune Jean-Baptiste quittant sa rue bourgeoise pour s'aventurer dans le Paris populaire haut en couleur : les interjections gouailleuses, les vendeurs criards, les rixes et disputes parfois sanglantes, les amours affichées, les quolibets, les conversations truculentes. Ses parents l'emmènent parfois à la halle couverte de Saint-Germain-des-Prés où les charlatans et les saltimbanques exécutent leurs parades et leurs cabrioles, dans les craquements des tréteaux, le parfum de la foire, les rires des farceurs qui animent ce monde grouillant.

*Scène de rue de Paris au XVII^e^ siècle, gouache anonyme*

Le théâtre de la rue offre le spectacle d'une comédie humaine, la plus belle des formations pour un jeune garçon sensible. Il fait l'apprentissage de l'observation, acquiert le génie du détail qui enrichira ses pièces plus tard.

Le père de Jean-Baptiste, tapissier, tient boutique au Pavillon des Singes et propose au public ce qu'un designer-concepteur offrirait aujourd'hui : tentures, meubles, miroirs, tableaux. La clientèle aisée, qui recherche les nouveautés à la mode, offre aux yeux du jeune garçon un autre public que celui des Halles, plus raffiné, au vocabulaire contourné, probablement assez vaniteux. Très tôt, Jean-Baptiste enregistre le comportement des riches bourgeois en même temps que celui du peuple : il en fera son miel et nourrira son œuvre de ces contrastes comiques,

Jean-Baptiste perd sa mère lorsqu'il a dix ans. Son père se remarie un an après avec Catherine Fleurette qui, au bout de trois ans de mariage et après lui avoir donné deux enfants, meurt à son tour, laissant son époux veuf avec ses cinq enfants. La mort est là dès sa jeunesse, si présente comme dans presque toutes les familles de l'époque.

Prévoyant de transmettre à son fils aîné la charge de maître tapissier, Jean Poquelin obtient de Louis XIII des lettres de provision assurant à Jean-Baptiste la position de « valet de chambre-tapissier ordinaire du roi ». En quoi consiste-t-elle ? On l'a vu, durant trois mois par an, il s'agit de faire le lit du roi, assisté de deux valets, contre une pension, des provisions de bouche et la priorité pour recevoir les commandes d'État. Plus le titre honorifique d'écuyer, premier degré de la noblesse.

Tout en assurant l'avenir de son fils, Jean Poquelin l'envoie en 1635 au collège de Clermont (situé à l'emplacement de l'actuel lycée Louis-le-Grand), tenu alors par les jésuites. Pourquoi ? Autre mystère… Car étudier le latin, le grec ou la philosophie ne semble pas indispensable à la charge de tapissier. En tout cas, Jean-Baptiste sera un saltimbanque, peut-être, mais un saltimbanque lettré. Au collège, il noue des amitiés : avec le futur écrivain Chapelle (ils seront liés toute leur vie) ou Cyrano de Bergerac, dont il utilisera certaines idées dans l'écriture de ses pièces, affirmant sans complexe : « Il m'est permis de reprendre mon bien où je le trouve. »

Il étudie aussi le droit, comme on le verra dans certaines de ses œuvres comme *L'École des femmes* ou *Monsieur de Pourceaugnac*, où les termes juridiques sont utilisés avec précision.

En 1642, à l'âge de vingt ans, Jean-Baptiste accompagne Louis XIII et Richelieu dans le Languedoc. En sa qualité de valet de chambre ordinaire, il est responsable du transport des lits, meubles, tapisseries du roi, qu'il est chargé de démonter et remonter dans les résidences successives. On dit alors de lui qu'il se montre à la hauteur de sa charge.

Vu de l'extérieur, c'est un fils loyal, obéissant, qui remplace son père demeuré à Paris pour faire tourner le négoce familial. Il a devant lui l'avenir d'un bourgeois prospère. Mais c'est alors qu'à la grande surprise de sa famille, à l'âge de vingt et un ans, Jean-Baptiste décide de devenir comédien.

A-t-il été influencé par les nombreuses représentations qu'organisaient les jésuites avec leurs élèves au collège de Clermont ? A-t-il fréquenté la troupe du célèbre Scaramouche, cet acteur italien, Fiorelli, qui faisait rire Paris ? A-t-il été séduit par les nombreux comédiens de rue – les opérateurs –, les bateleurs qui animaient le quartier de jour comme de nuit ? A-t-il pu approcher les célèbres acteurs à la mode : Mondory, Belle-Rose, Montfleury, Floridor ?

*Arlequin et Scaramouche,*
*comédiens italiens au XVIIe siècle, gravure anonyme*

Cette vocation dut être déterminée, voire inflexible, car, on l'a vu, au XVIIe siècle la profession de comédien est très mal considérée, condamnée par l'Église, associée à la condition des prostituées... Les comédiens ne sont pas inhumés dans les cimetières catholiques, n'ont pas droit aux sacrements : ce sont des parias.

On imagine la déception sinon la fureur du père de Jean-Baptiste. Ce fils en qui il a placé tous ses espoirs pour la transmission de la charge, le futur chef de famille, ayant acquis une solide instruction et ayant été reçu maître tapissier par ses pairs, ce fils lui tourne le dos. Et pour embrasser une carrière infamante qui va déshonorer la famille.

On ne sait pas comment il a réagi, aucun témoignage ne parle de colère ou de rupture. Pas trace d'une indignation paternelle. Bien au contraire : Jean Poquelin autorise son fils à quitter sa profession. Le 6 janvier, neuf jours avant ses vingt et un ans, Jean-Baptiste renonce donc à sa charge de tapissier du roi et reconnaît qu'il a reçu de son père la confortable somme de six cent trente livres en avance sur la succession de sa mère Marie Cressé. Voilà un géniteur exceptionnellement compréhensif, qui donne l'accord obligatoire pour effectuer cet acte de démission, bien loin d'égoïstes comme Argan ou Harpagon, personnages chez qui certains ont voulu déceler, bien à tort, les traits du père de Molière.

# 3
# Intermède
## *Ma vocation*

Quand on me pose, comme souvent, la question de ma propre vocation, je pense à Molière. Comme lui, je n'étais vraiment pas destiné à devenir comédien.

Je suis de souche paysanne, né en 1925 à Paris, où j'ai vécu toute ma vie. J'ai passé une période de mon enfance à la porte des Lilas. Nous habitions là, mes trois frères et moi, lorsque éclata la guerre de 1939. Mon père est parti, en qualité d'officier de réserve. Capturé, il est resté quatre ans en Pologne. Sombre destin, car il avait auparavant combattu pendant la guerre de 14-18. C'était un homme renfermé, sensible, dans l'impossibilité de se dégager par la parole. Ma mère, modeste, fabriquait des capuches, elle était très travailleuse, courageuse, magnifique. Elle nous a élevés seule.

De sept ans à quatorze ans, j'ai fait mes études dans une pension « libre », avec des professeurs laïcs et un aumônier. J'étais fort malheureux parce que je ne supportais pas le contact de cinq cents braillards, durs, cruels. Le réalisme de la vie en groupe m'était insupportable. Je ne me plaignais pas, parce que je savais que ma mère faisait des efforts extraordinaires pour assurer notre éducation.

Je me sauvais par le rêve. J'étais un enfant très docile en apparence, assez timide, et je ne comprenais pas pourquoi j'avais mauvaise réputation auprès de mes professeurs. Voyaient-ils en moi quelqu'un qui leur échappait, qui fuyait ? Quand les délations des camarades, les cruautés mentales ou physiques, les vices des uns et des autres se présentent à vos yeux à l'âge de sept ans, on est très peu armé pour s'en défendre. Et je me disais : « La vie, c'est un tunnel, on y entre et on ne voit jamais le jour. » Un tunnel noir traversé entre mes sept ans et mes quatorze ans. Ma manière de me révolter fut de ne rien apprendre. Il s'est développé en moi une forme de non-vie, laissant place à des personnages imaginaires qui m'accompagnaient.

En 1939, la déclaration de guerre a ouvert un autre tunnel, dramatique pour ma mère et moi puisque nous avons été obligés de quitter Paris pendant l'exode, angoissés de savoir mon père loin, prisonnier, de voir mes frères ballottés ici et là, de devoir quémander une aide à la famille. Finalement, en arrivant à Lyon, j'ai été placé comme apprenti-pâtissier. Puis nous sommes remontés à Paris où j'ai occupé le même poste pendant un an, chez Bourbonneux, place du Havre, en face de la gare Saint-Lazare, maison très connue pour ses macarons.

Ma mère était passionnée de théâtre. Durant l'Occupation, la seule manière d'échapper à l'horreur quotidienne était d'aller le dimanche faire la queue toute la journée à l'Opéra-Comique ou à la Comédie-Française. À 20 heures, les places étaient en vente. On montait vite à l'amphithéâtre – on n'avait pas beaucoup d'argent –, et on s'installait bien au centre.

En découvrant le théâtre, les gens dans le théâtre, je me disais que ces toiles peintes, cette fiction, cette vie factice était finalement la seule vivable. La fiction m'était devenue réalité. J'ai vu tout le répertoire de l'Opéra-Comique, de *Werther* à *Madame Butterfly*, en passant par *Pelléas et Mélisande*. Je connaissais toutes les distributions, les chanteurs de l'époque. La vraie vie était là. Nous rentrions du théâtre comme absous des malheurs et des horreurs de l'époque.

Ma mère m'a raconté qu'elle s'était sentie enceinte de moi lors d'une représentation de *Carmen*. Je crois que la vie fœtale est importante car l'éveil de la conscience a lieu avant même la naissance. Plus tard, à force d'assister à ces représentations, je me suis dit : « Cet univers est le mien, je ne serai bien que là, même comme machiniste ou coursier. Mais je vais essayer d'être acteur. » J'ai travaillé deux ou trois scènes tout seul.

Un jour, au Français, nous avons vu une pièce de Jean Sarment, *Madame Quinze*. Le grand acteur Maurice Escande jouait Louis XV. S'est alors installée dans mon esprit – sans que je m'en rende compte – l'idée de me confier à cet homme.

Un dimanche matin, ma mère m'a dit : « N'oublie pas la messe de 10 heures. » J'avais dix-sept ans, nous habitions au 11, rue La Boétie. J'ai répondu : « Oui, oui » et, au lieu de tourner à gauche vers Saint-Augustin, poussé par je ne sais quel élan, j'ai descendu le boulevard Malesherbes vers l'adresse d'Escande que j'avais trouvée dans un bottin : 190, rue de Rivoli.

Je suis encore incapable d'expliquer quelle étrange impulsion s'est saisie de moi ce jour-là.

Sur place, la concierge m'a indiqué : « C'est au septième, vous ne pouvez pas vous tromper. » Je me souviendrais toujours de ces mots, *vous ne pouvez pas vous tromper*, qui depuis ont résonné si fort en moi... J'ai monté, descendu, puis remonté les étages, mort de timidité. Au fond, je ne pensais rien, je ne savais rien. Même pas que Maurice Escande donnait des cours de théâtre. Mais il m'avait fasciné sur la scène du Français. Il était beau, à la fois sympathique et impressionnant. Je voyais en lui quelque chose de noble.

*Maurice Escande*

J'ai sonné, une femme de chambre a ouvert :

– Vous désirez, monsieur ?

– Je viens pour faire du théâtre.

Elle a tourné la tête :

– Monsieur Escande, un jeune homme demande à vous voir.

– Je finis ma toilette, installez-le au salon.

Maurice Escande apparut peu après et me demanda :

– Vous avez peut-être quelque chose à réciter ?

– Oui, la tirade du nez de *Cyrano de Bergerac*.

– Allez-y.

Je m'exécutai.

– C'est bien, mais vous n'avez pas quelque chose de plus approprié à votre âge ?

– Je connais aussi *La Nuit de décembre*, de Musset.

– C'est plus indiqué pour vous.

– *Du temps que j'étais écolier*
*Je restais un soir à veiller*
*Dans notre salle solitaire.*
*Devant ma table vint s'asseoir*
*Un pauvre enfant vêtu de noir,*
*Qui me ressemblait comme un frère.*

– Vous avez une bonne voix, une bonne articulation. Je pars justement donner un cours. Venez avec moi, vous verrez comment ça se passe.

Je ne m'attendais pas à ça. Oubliés la messe, ma mère, la pâtisserie, le déjeuner, tout. Je suis monté en voiture à côté de ce grand acteur, j'étais fier comme Artaban. On a pris le boulevard des Capucines jusqu'au théâtre Édouard-VII en passant devant la Kommandantur, place de l'Opéra.

– Mettez-vous au dernier rang, vous observerez de là.

Autour de moi, plus de deux cents jeunes très dissipés bavardaient entre eux tandis que deux élèves déclamaient sur scène. Une vraie volière. J'étais assez surpris, déçu même : « Ils ne mesurent pas leur chance d'être là, ils ne sont pas sérieux. » Ces jeunes gens devaient s'ennuyer et venaient se distraire, oublier la guerre, mais le théâtre ne les motivait peut être pas beaucoup.

À la fin du cours, Maurice Escande m'a fait appeler : « Ce que vous m'avez récité tout à l'heure, reprenez-le maintenant pour tout le monde. »

Tremblant de tous mes membres, je suis monté sur scène dans un état épouvantable. Je commençai à dire *La Nuit de décembre* tandis que les élèves se levaient, rangeaient leurs affaires. Personne n'écoutait. Alors Escande a déclaré d'une voix forte : « Le cours n'est pas fini. Au lieu de bavarder et de monter des plans pour l'après-midi, vous feriez mieux de prendre une leçon. » Il s'est tourné vers moi et m'a lancé : « Recommencez. » Et j'ai repris le poème. En larmes. Complètement saisi par la force de l'instant.

Maurice Escande m'avait « sacré » acteur en me proposant comme modèle aux autres. J'ai senti que ce moment décidait de toute ma vie. Les élèves sont partis en silence.

Maurice Escande m'avait reconnu comme l'un des siens. Il m'a dit plus tard : « Quand tu m'as récité Musset dans mon salon, j'ai senti que, si je te laissais partir, je ne te reverrais pas. »

Après le cours, il a tenu à me raccompagner : « Maintenant, nous allons voir ta maman. »

Chez nous, il a fortement insisté : « Ce petit doit faire du théâtre, il a des dons réels, une voix, un phrasé, une sensibilité, une imagination. » Ma mère refusait de prendre seule cette responsabilité, car mon père, je l'ai dit, était alors prisonnier en Pologne. Escande a annoncé qu'il s'en chargerait, qu'il me préparerait au

Conservatoire, que très vite je gagnerais bien ma vie, et même mieux que ma mère. Elle a fini par accepter.

Nous étions dimanche, 14 heures. Parti de chez moi à 10 heures comme apprenti-pâtissier, j'étais revenu comédien. Mon destin avait basculé grâce à cet homme d'une bonté et d'une générosité extraordinaires. Tout s'était dénoué d'un seul coup, comme par enchantement. J'entrais dans la vie fictive et j'y suis resté. Je suis allé dans ma chambre en pensant : « Maintenant, il faut lire. » Je n'ai pas arrêté depuis, avec un solide appétit.

Plus tard, comme me l'avait prédit Maurice Escande, j'ai été reçu au Conservatoire. Tout était lancé, ma vocation trouvée.

Cette histoire montre que la vie peut s'ouvrir d'un coup et qu'il y a des miracles. Je vivais un miracle. Je ne m'en rendais même pas compte car devenir un acteur, c'était proprement inimaginable. Dans la pureté de cet instant, j'étais comme un enfant.

*Michel Bouquet en 1946*

En parlant du père de Molière, je repense au mien, usé par la guerre de 14-18. Lui, qui ne parlait pas à la maison devenait joyeux et bavard avec ses copains de régiment quand ils buvaient ensemble. Ces réunions devaient le libérer de ses cauchemars intérieurs, et il était alors plein de charme, il racontait toutes sortes d'anecdotes. Mais, dès qu'il rentrait à la maison, il redevenait mutique, un mur impénétrable.

En 1939, la Deuxième Guerre l'a enfermé pendant quatre ans dans un oflag en Poméranie, d'où il est sorti brisé, incapable de remplir son rôle de père. J'étais déjà acteur. Il est venu me voir jouer dans une pièce d'Anouilh, mais ne m'en a pas dit un mot. Pas un.

Il m'a seulement glissé un jour : « Tu gagnes bien ta vie, ça va. » Il était là et pas là en même temps. Ce que je faisais l'indifférait. Voilà peut-être ma chance : j'ai dû me battre très tôt pour suivre ma voie, cela m'a consolidé.

Mon père, qui ne m'a pas adressé plus de dix phrases dans sa vie, est devenu présent en moi après sa mort, et j'ai bien plus ressenti le mal que j'ai pu lui faire que celui qu'il m'a fait.

J'imagine le père de Molière un peu comme le mien : très loin du monde dans lequel son fils a choisi d'évoluer, mais n'y mettant pourtant aucun frein, aucune hostilité, adoptant un retrait finalement bénéfique à la carrière du jeune comédien, contraint de se créer tout seul.

## 4
## Madeleine et Cie

Et si l'on parlait à présent de Madeleine Béjart ?

Peut-être est-elle celle qui a encouragé Molière à prendre sa décision, à se détourner de la voie tracée par sa famille. Un peu comme Maurice Escande l'a fait pour moi.

C'est d'ailleurs dans la maison des Béjart que, le 30 juin 1643, un notaire enregistre la création de l'Illustre-Théâtre dont Jean-Baptiste et Madeleine sont les principaux dirigeants, et qui s'installera au Jeu de Paume des Métayers.

Qui étaient les Béjart, et surtout Madeleine, devenue pour de longues années l'amante du jeune Poquelin alors âgé de vingt et un ans, chez qui il habite ?

Joseph Béjart, le père, « huissier ordinaire ès eaux et forêts de France », a mené des affaires plus ou moins réussies, pas toujours du côté de la loi ; à sa mort en 1641, il laisse une succession déficitaire à laquelle sa famille renonce. Sa veuve est du même milieu que les Poquelin : fille d'un marchand mercier, maîtresse lingère au moment de son mariage, elle dispose d'un héritage parental qui la met à l'abri du besoin.

Madeleine est la véritable personnalité de la famille. De quatre ans plus âgée que Jean-Baptiste, elle a une vie sentimentale précoce puisque à quinze ans elle est fiancée à un secrétaire de la maison du roi, Pierre Lenormant. Le contrat de mariage est établi mais le projet est abandonné. Madeleine devient néanmoins la maîtresse de Lenormant. Celui-ci la soutient financièrement ainsi que sa mère qu'il aide à acheter sa maison de la rue de la Perle.

La jeune femme est introduite dans les milieux cultivés par une de ses tantes. Elle rencontre notamment Tristan L'Hermite. À l'hôtel de Lavardin, près de la place Royale, chez la brillante Marguerite de La Baume, Madeleine, âgée de dix-huit ans, croise le deuxième mari de celle-ci, Esprit Rémond de Modène, avec lequel elle a une liaison de deux ans, d'où va naître en 1638 une fille, baptisée Françoise, dont on ne sait rien, aucun document sur elle n'ayant subsisté. La même année, Esprit offre à Madeleine une maison à Bagnolet et, toute sa vie, maintiendra un lien avec elle.

Lorsqu'elle rencontre Jean-Baptiste, Madeleine est déjà familière des milieux littéraires, écrit des vers qui ont été publiés. Roger Duchêne l'analyse dans son excellente biographie de Molière[1] : « Elle a dû à la fréquentation intime de

1. Les références des ouvrages cités se trouvent en bibliographie en fin de volume.

jeunes hommes beaux et cultivés l'épanouissement de son esprit et de son corps. »

*Madeleine Béjart, peinture anonyme, XVIIe siècle*

Jean-Baptiste a certainement été influencé par cette belle femme rousse, encore jeune, d'un tempérament ardent, cultivée, volontaire, émancipée, se battant pour sa liberté financière. Leur association amoureuse va s'étendre au domaine professionnel, où les rejoignent les frères Béjart alors que ni Jean-Baptiste ni Madeleine n'ont d'expérience du théâtre. Quelle audace inouïe, quelle belle alliance d'énergie et d'insouciance ! Il semble que les Béjart ont alors des difficultés financières et qu'ils misent sur l'Illustre-Théâtre pour se refaire une santé. À l'époque Paris ne compte que trois troupes : l'Hôtel de Bourgogne, le Marais et les Italiens de Scaramouche. L'aventure est donc envisageable.

Le tapissier se fait comédien, le bourgeois marginal, Poquelin se prépare à devenir Molière.

La nouvelle troupe investit donc la salle du Jeu de Paume des Métayers, – une trentaine de mètres sur dix, cinq mètres de hauteur –, flanquée de galeries latérales. Il semble qu'une bonne partie du capital de la compagnie a été dépensée dans les travaux d'embellissement, et la salle ouvre ses portes le 1<sup>er</sup> janvier 1644.

La troupe paye assez cher son inexpérience. Ne connaissant pas les goûts du public, Poquelin laisse le soin à Madeleine de choisir le répertoire, et ce choix se révélera désastreux. Devant le manque de professionnalisme des acteurs, le public déserte les lieux, non sans moqueries et sifflets. La troupe s'obstine, engage un danseur-voltigeur et produit les premiers textes d'un certain… Molière.

Jean-Baptiste Poquelin ne s'est jamais expliqué sur l'origine de son nom d'auteur et d'acteur, pas même auprès de ses meilleurs amis. L'usage est à l'époque pour les acteurs de prendre un nom de « campagne » : Montfleury, Floridor, Bellerose, Rosidor, Champmêlé… Il existe plusieurs villages en France qui portent alors le nom de Molière, est-ce en souvenir de l'un d'eux que Jean-Baptiste le choisit ? Le dictionnaire de Furetière, de 1690, dit qu'une *moliere* est une carrière de pierre dure, ou alors aussi « les grosses dents qui sont plattes, et qui servent à moudre, à froisser les aliments ». Pendant qu'on se perd en conjectures depuis près de quatre siècles, Molière garde son secret bien intact encore aujourd'hui.

Les affaires vont très mal. L'Illustre-Théâtre, transféré au Jeu de Paume de la Croix-Noire, a beau bénéficier de la protection de Gaston d'Orléans, rien n'y fait : les dettes s'accumulent et, en août 1645, en tant que responsable de la troupe, Molière est emprisonné au Châtelet pendant quelques jours. Jean Poquelin essaie de régler une partie des dettes pour éviter le déshonneur, on vend tous les effets de la compagnie, costumes, accessoires, etc. Mais les créanciers sont toujours là, et Molière prend la fuite. Il a vingt-trois ans, il est déjà insolvable.

## 5
## Sur les routes

On pourrait penser qu'après un tel désastre, Molière souhaite tourner la page de son expérience théâtrale, revenir à une profession plus assurée, retrouver sa charge de tapissier – on imagine que son père l'y a invité, soucieux de ramener la brebis égarée au bercail... Mais la vocation de comédien est profondément ancrée en lui. Il a l'intelligence de comprendre que l'échec de l'Illustre-Théâtre est dû à l'impréparation, au manque d'apprentissage et d'expérience de l'ensemble des membres de la troupe.

C'est alors dans un véritable tour de France que se lance Molière, accompagné de sa troupe. En 1646, avec les comédiens du duc d'Épernon, sous la direction de Dufresne, il est à Nantes; en 1647, à Albi; en 1648, il revient à Nantes, puis en Poitou, en Angoumois, en Gascogne, de nouveau en Languedoc... En 1650, il reçoit 4 000 livres du trésorier des États du Languedoc, il est devenu un membre important de la troupe.

Cette existence dure douze ans, une existence de troupe ambulante, remplie de dangers dans la France de la Fronde. On joue devant paysans et hobereaux, en campagne comme à la ville, face à une assemblée avide de farces ou pour de « précieux » et beaux esprits, ce qui demande une phénoménale capacité d'adaptation. Ces compagnies de camarades circulant en charrette à bœufs, cette vie de bohème où chaque journée apporte son lot de surprises, d'inconfort, de rires et de larmes ont constitué, selon ses dires, les douze années les plus heureuses de la vie de Molière.

*Théâtre au XVII$^{e}$ siècle*

Madeleine est à ses côtés dans l'aventure et recueille des succès dans les rôles tragiques, ce qui n'est pas le cas de Molière qui n'a ni le physique ni la diction qui correspondent à ces emplois. Il ne sait que divertir, il est essentiellement doué pour le comique.

En Provence, en 1653, le prince de Conti accorde sa protection à la troupe de Molière pendant trois ans, durant lesquels elle se produira à Lyon, Dijon, Montpellier, Bordeaux, Agen, dans les États du Languedoc. Puis, en 1656, le prince se convertit et, en bon dévot qui se respecte, considère soudain la comédie comme nuisible à la moralité publique. Le voilà devenu l'ennemi de Molière. Après quelques représentations encore à Lyon, la troupe regagne Paris en 1658.

Molière a donné dans cette ville, en 1654, sa première pièce : *L'Étourdi*, une comédie en vers et en cinq actes, inspirée d'une comédie italienne de Barbieri. Lélie, amoureux de l'esclave Célie, veut la faire délivrer par son serviteur Mascarille. Il fait preuve de tant de maladresses qu'il ruine par douze fois les manœuvres de Mascarille. Cette œuvre est suivie du *Dépit amoureux* (1656). Molière accomplit ses gammes, encore persuadé d'être un tragédien, genre noble de l'époque, et, pour l'instant, il n'écrit des divertissements que pour plaire au public. Mais son génie qui révolutionnera la comédie est en marche.

Ces années ont constitué le véritable apprentissage de Molière : il a observé, noté, compris ce qui fait rire et divertit le public ; il a noué des liens forts avec sa troupe, il en est le chef ; il a identifié les erreurs à ne pas commettre, comment s'adapter aux différents publics, comment gérer les comptes aussi. Ses très longs voyages lui ont procuré le temps nécessaire à la réflexion, à l'attention aux détails.

J'ai moi aussi toujours beaucoup aimé les tournées. Elles ne sont pas plus fatigantes que les représentations données à Paris, mais plus plaisantes, car on voit du pays. La France me surprend toujours, j'adore m'y plonger en profondeur. Avec ma femme Juliette Carré, qui est aussi comédienne, on partait et on découvrait des villes, des dizaines de théâtres aussi, plus petits, plus grands, plus sales, plus propres, plus beaux. J'aime tous les théâtres, chacun d'eux a quelque chose à nous apprendre, qui influence le jeu.

L'acteur est capable de se connaître dans toutes les situations. Je pars du principe que l'être humain a mille vies à vivre ; les gens ordinaires n'en ont pas l'occasion, mais l'acteur, lui, peut montrer trente, cinquante, cent facettes de lui-même. Les tournées nous le permettent.

C'est ce que Molière a appris durant ces années passées sur les routes : il est allé à la rencontre de tous les possibles en lui.

6

# Devant le roi

Madeleine, toujours entreprenante, a loué le Jeu de Paume du Marais pour dix-huit mois. La troupe a obtenu la protection de Monsieur, le jeune frère de Louis XIV, et se produira désormais sous le nom de « Troupe de Monsieur ». Il est à noter que chaque comédien doit percevoir 300 livres annuelles de la part de leur bienfaiteur, mais cette somme ne leur sera jamais versée…

Le 11 octobre 1658, le destin de Molière change. La troupe joue pour la première fois devant le jeune roi de vingt ans, entouré de la Cour. Au répertoire, une tragédie de Corneille, *Nicomède*, pièce qui ne marque pas les esprits malgré la beauté des actrices et le zèle des comédiens. C'est alors que Molière entrouve le rideau de fin et apparaît en habit de valet, béret à la main, espiègle, malicieux, un peu cauteleux, et « supplie très humblement » le roi de leur permettre de jouer une farce, *Le Docteur amoureux*. Il sait y faire, Molière, les années de tournées devant tant de publics différents lui ont appris à jauger une salle, à improviser, à s'adapter. Et il sait que le jeune roi a de formidables appétits de vie, de divertissement, de plaisirs. Le souverain donne son assentiment et, la pièce à peine commencée, se met à rire, de plus en plus vivement. Le public l'imite, le roi complimente Molière. C'est un triomphe.

Louis XIV, dès le lendemain, donne ordre que la troupe s'établisse à Paris et lui accorde la salle du Petit-Bourbon, en alternance avec les Comédiens italiens.

*Louis XIV âgé de vingt-trois ans, par Charles Le Brun*

La troupe comporte dix acteurs : les trois vedettes (Madeleine, la Du Parc, la De Brie, dont les relations entre elles sont exécrables et donneront bien du mal à Molière), Geneviève Béjart, Joseph et Louis Béjart, De Brie et Du

Parc-Gros René (maris des vedettes), Charles Dufresne et Molière. En 1659, Dufresne prend sa retraite et la troupe engage le vieux et célèbre farceur Jodelet ainsi que son frère L'Espy.

Puis arrive aussi un personnage important, La Grange, qui à partir de cette date tient un carnet de toutes les activités de la troupe, précieux carnet grâce auquel nous connaissons de nombreux détails sur la vie de la compagnie et de Molière : joies, échecs, petits et grands événements, finances, voyages, rencontres de personnalités, humeurs, difficultés sont notés scrupuleusement chaque jour. À la fois livre de comptes et livre de raison, ce témoignage de La Grange est passionnant. Sans lui, nous ne saurions presque rien de la vie de Molière, ni surtout de ses activités de directeur de troupe.

Les trois vedettes, Madeleine, la Du Parc et la De Brie, pensent que leur jeu brillant dans *Nicomède* est la raison du succès auprès du roi. Comme elles sont plus à l'aise dans le genre sérieux, elles insistent pour que le programme reste orienté vers la tragédie. C'est un désastre : le public siffle *Héraclius*, *Rodogune*, *Cinna*, *Le Cid* et *Pompée*.

Suivant son instinct, Molière réagit et revient à la comédie : là se trouvent son avenir et celui des siens. Il fait jouer *L'Étourdi* et *Le Dépit amoureux*, et renoue avec le succès. Le public se presse, les recettes augmentent et la troupe, pour la première fois, connaît l'aisance financière.

Mais la jalousie des théâtres concurrents se réveille et les tentatives de débauchage se multiplient. D'abord les époux Du Parc, piliers de la compagnie, rejoignent le Marais.

Puis, en 1659, meurt Joseph Béjart, frère de Madeleine. Les comédiens avec lesquels Molière partageait la salle du Petit-Bourbon retournent en Italie, laissant le champ libre pour des représentations quotidiennes. Les Du Parc reviennent aussitôt, regrettant leur fugue, et réintègrent la troupe. Dès lors, il y aura très peu de départs des comédiens.

Car Molière s'avère être un excellent chef de compagnie. Il partage les bénéfices, instaure douze parts, inaugurant ainsi un système de répartition des recettes et un régime de sociétaires qui, encore aujourd'hui, est celui de la Comédie-Française.

## 7
## Haro sur les précieuses !

Dans *L'Étourdi*, Molière emprunte les ressorts comiques de la *commedia dell'arte*, recettes qu'il a apprises en observant si souvent Scaramouche : gestes, mimiques, cris. Un personnage apparaît, le valet Mascarille, d'origine populaire mais doué d'un esprit souvent plus fin que celui de son maître. Il sert son employeur, tout en travaillant pour son propre intérêt. Il s'écrie, dans le fameux latin macaronique que Molière aime tant : « *Vivat Mascarillus, fourbum imperator !* »

Mascarille figure de nouveau dans la pièce qui sera le premier grand succès public de Molière : *Les Précieuses ridicules*. Il se moque des salons mondains, comme celui de la marquise de Rambouillet, qui prétendent énoncer les règles du bon goût, du raffinement dans l'expression, de l'élégance. De leur convention sort même un traité anonyme en 1658 : *Les Lois de la galanterie*. Pour Molière, ces assemblées sont prétexte à rire des raffinements exagérés d'un langage dégénérant en jargon incompréhensible, des interminables subtilités psychologiques, des minauderies grotesques. Les femmes contestent l'intérêt du mariage, se considèrent « d'un esprit excellent », « d'une race élevée en noblesse et en honneur ».

À ce même moment, triomphent Mlle de Scudéry et son roman *Clélie*, où se trouve reproduite la fameuse Carte du tendre à partir de laquelle on établit des parcours amoureux, on théorise à perte de vue sur les sentiments, on va jusqu'à répertorier douze sortes de soupirs… Molière décide de s'amuser aux dépens de ces bourgeois en mal d'élévation sociale, de ces êtres qui ne vivent pas vraiment leur vie, mais se réfugient dans la chimère de la distinction. Il veut surtout réhabiliter le bon sens commun, désormais fondement de toutes ses comédies de mœurs, sorte d'étalon qui permet de mesurer l'égarement, la vanité, en fait la bêtise humaine…

L'intrigue des *Précieuses ridicules* est amusante et simple. Deux cousines pédantes, Magdelon et Cathos, fraîchement venues de leur province, se prennent pour des précieuses dignes de briller à Paris. Elles se rebaptisent Aminte et Polixène, noms plus adaptés à leur ambition. Leur père et oncle, Gorgibus, souhaite les marier à deux jeunes gens de bonne famille, La Grange et Du Croisy. Mais ces derniers se font éconduire car ils manquent d'esprit, raillés par les deux précieuses qui méprisent le mariage et la lourdeur de leurs prétendants. Ils décident de se venger en leur envoyant leurs valets. Ceux-ci, sous les noms de marquis de Mascarille et vicomte de Jodelet, s'introduisent chez Magdelon et Cathos et les charment par leur esprit. Elles les considèrent comme la perfection de la galanterie. Ces scènes sont extrêmement drôles car plus Mascarille (surtout, rôle que joua Molière), s'ingénie à railler l'esprit des précieuses, plus celles-ci se pâment d'admiration.

Il soumet à leur jugement un « impromptu », poème improvisé, de médiocre qualité :

*Oh ! Oh ! je n'y prenais pas garde :*
*Tandis que, sans songer à mal, je vous regarde,*
*Votre œil en tapinois me dérobe mon cœur.*
*Au voleur, au voleur, au voleur, au voleur !*
Cathos s'ébaubit :
*Ah ! Mon Dieu ! Voilà qui est poussé dans le dernier galant.*
(acte I, scène 9)

À la fin de la pièce, les maîtres venus démasquer leurs valets, bâton à la main, se moquent des précieuses, définitivement ridiculisées à leurs yeux, qui ne pourront qu'obéir piteusement à l'injonction de Gorgibus : « Allez vous cacher, vilaines, allez vous cacher. »

En dénonçant la poésie coquette qui triomphe dans les salons et fait les délices des sots, en réhabilitant le langage franc et l'expression des sentiments vrais, Molière obtient un immense succès. Le 18 novembre 1659, en deuxième partie après la tragédie *Cinna*, de Corneille, la Troupe de Monsieur donne *Les Précieuses ridicules*. Molière y tient le rôle de Mascarille tandis que le vieux Jodelet, comédien célèbre au visage enfariné, donne son nom et sa contribution au rôle du deuxième valet. Selon La Grange, c'est triomphal : le peuple accourt, les applaudissements sont éclatants.

Du fond du parterre on lui crie : « Courage, courage, Molière, voilà la bonne comédie ! »

*Madeleine Béjart dans le rôle de Magdelon des* Précieuses ridicules

À cet enthousiasme, qui résume l'opinion du public le plus éclairé, Molière commence à percevoir son propre génie et répond avec un légitime orgueil : « Je n'ai plus que faire d'étudier Plaute et Térence et d'éplucher les fragments de Ménandre, je n'ai qu'à étudier le monde. »

Molière entame avec cette pièce une réflexion sur la littérature. Il fait preuve d'une grande audace en attaquant aussi frontalement le roman de Mlle de Scudéry, tendre amie d'un puissant ministre. De plus, il démolit la préciosité, sensibilité littéraire à la mode, répandue dans la majorité des salons : il se place sur le terrain de la réflexion, il n'est plus l'auteur de farces, il est un écrivain qui, à travers la comédie, entend participer aux débats d'idées qui agitent tant à ce moment-là les amoureux des lettres dans les fameux « combats d'esprit », auxquels Boileau l'incitera fort à participer plus tard.

Ce premier succès est suivi d'un autre tout aussi important en mai 1660 : *Sganarelle ou le cocu imaginaire*, comédie en un acte que Molière donnera cent vingt-deux fois. Cela fera de lui la cible des concurrents et des jaloux, qui persuadent Ratabon, le surintendant des bâtiments du Roi, de démolir le théâtre du Petit-Bourbon, sans même avoir prévenu la troupe. Après que Molière s'est plaint auprès du roi, celui-ci sermonne son surintendant et lui ordonne de remettre en état la salle du Palais-Royal. Durant les travaux qui durent plusieurs mois, la troupe de Molière joue chez des particuliers prestigieux : au Louvre et à Vincennes chez la reine-mère et le cardinal Mazarin, chez les ducs de Mercœur et de Roquelaure, chez Nicolas Fouquet, surintendant des finances. Tandis que la troupe accroît son audience et son influence, Molière voit bien qu'il est l'amuseur préféré du jeune roi.

# 8
# Tragédien ou comédien ?

L'installation de la troupe au Palais-Royal est l'occasion d'un premier échec : celui, en 1661, de la tragédie *Dom Garcie de Navarre*.

Molière sait pourtant que le genre sérieux n'est pas son fort ; mais il cède à la demande de sa fidèle amie Madeleine Béjart, sa compagne de toujours, celle qui a été de toutes les aventures. Madeleine est par essence une tragédienne, qui a sacrifié son talent en se mettant au service des personnages comiques de Molière. Quand on veut jouer Chimène du *Cid* et qu'on se retrouve à minauder dans le rôle de la précieuse Magdelon, on accumule les frustrations. Alors, pour ce nouveau départ encouragé par le roi lui-même, bénéficiant d'une salle neuve, Madeleine demande à Molière un rôle à sa mesure.

Pourquoi Molière accepte-t-il ? Pour la récompenser de sa fidélité ? Parce qu'il éprouve encore de l'amour envers cette femme de quarante-six ans ? Ou par remords ? Car Molière commence à s'intéresser à Armande Béjart, la jeune sœur de Madeleine, âgée de vingt ans. Aurait-il à se faire pardonner par son ancienne maîtresse ?

Toujours est-il que la pièce est un échec retentissant, retirée de l'affiche après sept représentations. « Un four », notera La Grange dans ses carnets. Même si Molière renonce lui-même à jouer le rôle de Dom Garcie, le public ne se presse toujours pas.

Au moment où Molière commence sa carrière, la tragédie occupe le sommet du théâtre, c'est le genre noble, qui a l'estime des esprits fins et pertinents. La comédie est laissée aux Italiens, à la *commedia dell'arte*, à la farce, aux mimiques, aux grimaces, bref, au peuple. Molière, très ambitieux, vise donc la tragédie. Mais ses cuisants échecs comparés aux succès de ses comédies, qui remplissent les caisses de la troupe, achèvent de le convaincre.

Molière comprend que ce genre ne lui convient pas et c'est une immense souffrance pour lui. Sa vocation est tragique, ses dons sont comiques. Il voulait sortir de ces comédies qu'il considère peu intéressantes, comme *Le Médecin volant* ou *La Jalousie du barbouillé*… Tout en reconnaissant l'importance de ces pièces pour financer la troupe et le théâtre, il espérait réussir à s'imposer aussi dans un registre considéré comme supérieur.

Si Molière n'est pas devenu tragédien, c'est, à mon avis, parce qu'il a finalement trouvé la comédie plus riche. Le glaive sert beaucoup en tragédie à conclure un dilemme, alors que dans une comédie, la situation n'est pas résolue aussi facilement. C'est la valeur de ces pièces : entre deux répliques du même personnage, s'ouvre un monde indéfinissable. L'acteur use de toutes ses ressources pour restituer des états d'âme différents, qui donnent vie et crédibilité à son rôle.

Les héros de tragédie sont bloqués, alors que Molière aspire à poursuivre la quête, à libérer l'homme de la folie et de la grandeur du destin.

*Molière dans le rôle de Sganarelle*

J'aimerais glisser ici un aparté sur les relations entre Molière et Corneille, le plus grand tragédien à l'époque du jeune Molière, son cadet de seize ans. Certains prétendent encore aujourd'hui qu'il est l'auteur des pièces de Molière. C'est une thèse lancée en 1919 par Pierre Louÿs : « Après avoir inventé les sept formes de la comédie moliéresque, le grand Corneille a modelé en six mois, de ses mains géantes, un Molière à sa dissemblance. Molière est le chef-d'œuvre de Corneille. Il ne lui ressemble guère ni de style ni d'âme. Il n'est pas de son sang; il est de son pouce... » Pour ma part, je pense que ce sont là des élucubrations romantiques, non fondées, cette hypothèse n'est pas pensable, même si on relève une influence certaine.

Lorsqu'il avait vingt ans, dans les années 1630, Corneille a écrit des comédies comme *Mélite*, *La Veuve*, *La Galerie du Palais*, *La Suivante*, *La Place royale* et *L'Illusion comique*, pièces d'une grande fraîcheur, pleines de verve, audacieuses par rapport à ce qui se créait alors, mettant en scène des personnages contemporains au parler vert, spontané. On peut dire que Corneille a ouvert la voie à Molière, mais de là à franchir le pas en lui attribuant la paternité des œuvres de ce dernier, c'est aller un peu vite.

Quand la troupe de Molière s'installe pour quelques mois à Rouen, en 1658, elle entretient plusieurs échanges avec Pierre Corneille et son jeune frère Thomas, qui ont pour ambition de fusionner la troupe de Molière avec celle du Marais et de la diriger. Un moment cette perspective tente Molière, mais il finit par la décliner, attaché plus que tout à sa liberté. Une chose les sépare dans l'art de jouer : Corneille recherche une diction emphatique du vers, un peu artificielle, tandis que Molière favorise le naturel, les échanges vifs et fluides, un rythme plus contemporain. Cette incapacité à s'entendre laissera des traces d'amertume dans les relations entre Molière et les Corneille, et si elles se normalisent avec

Pierre – plus tard Molière et lui écriront ensemble *Psyché* –, Thomas restera fâché jusqu'au bout.

De ce séjour à Rouen en 1658, date aussi la passion qu'inspira l'actrice Marquise Du Parc aux deux Corneille. Pierre, alors âgé de cinquante ans, lui écrit même un poème, qui n'est pas sans rappeler les sonnets de Ronsard à Hélène :

*Marquise, si mon visage*
*A quelques traits un peu vieux,*
*Souvenez-vous qu'à mon âge,*
*Vous ne vaudrez guère mieux.*
[…]
*Pensez-y, belle Marquise,*
*Quoiqu'un grison fasse effroi,*
*Il vaut bien qu'on le courtise*
*Quand il est fait comme moi.*

Il semblerait que la Du Parc ait été insensible à ces arguments. On le verra, plus tard elle sera aimée de Racine. Quel destin, qui aura mis à ses pieds les deux plus grands tragédiens français, soupirant à la manière de collégiens amoureux !

Je me suis toujours dit que, si Molière s'est rêvé d'abord tragédien, il avait une raison. Dans sa vie et son œuvre, on retrouve la marque du tragique. Molière, c'est le génie de l'honnêteté. Quand on le joue, on s'aperçoit que cet homme est seul avec lui-même. Les puissances qui l'ont créé l'ont mis sur terre pour se battre avec lui-même, en lui-même, jusqu'au point de rendre l'âme. C'est de l'héroïsme.

Il a fini par transposer dans son œuvre comique cette part tragique qu'il voulait mettre en scène. C'est ce qui le rend si proche de Corneille. Il y a une scène, dans le troisième acte du *Tartuffe*, où Damis vient dire à son père Orgon que Tartuffe est une ordure, qu'il a essayé de séduire sa propre mère et femme d'Orgon, Elmire. Orgon, bouleversé intérieurement, n'en laisse rien paraître, il garde sa fascination aveugle pour Tartuffe au point d'en devenir ridicule car les preuves lui ont été données de son hypocrisie et sa duplicité. Il s'entête à voir en Tartuffe un homme de Dieu, et cet entêtement montre combien il a peur de croire à la vérité. Schéma typiquement cornélien.

Molière a essayé de jouer la tragédie, il n'y est pas arrivé, comme d'autres, dotés de grosses voix, et d'une imbécillité peut-être grande. Il n'a pas connu cette espèce de joie à triompher des choses, à incarner le sublime malgré le crétinisme de la situation. Il y a toujours chez Molière quelque chose d'humain qui nuance sa vision du personnage. Cet humanisme n'existe pas dans la tragédie où un personnage ne peut pas revenir sur ce qu'il est, car ce personnage, avant tout, est un destin.

Molière a pris parti pour la comédie, car tout en lui est comique. Dès son apparition sur la scène, il fait rire. Les traits de son visage sont lourds, ses yeux un peu égarés, ses lèvres épaisses et sensuelles. Avec son cou très court, la tête lui rentre dans les épaules. De plus, il est atteint d'un hoquet respiratoire (premières atteintes de tuberculose) qui ôte toute crédibilité à son interprétation des grands rôles. En bon directeur de troupe il sait que le dernier mot revient au public : il lui obéira donc et rangera définitivement ses ambitions d'être un grand auteur tragique.

Mais il saura triompher de cette déception. En insérant le tragique au sein même de la comédie (songeons à Alceste ou à Dom Juan), en soignant la langue, il élèvera le genre bien au-dessus de la farce. Ce sera là son génie comique. Une révolution de grande ampleur.

# 9
# Armande

Avec *L'École des maris*, Molière opte pour la comédie, et même la comédie de mœurs. S'ouvre sa grande période de création.

On peut penser que la cour empressée qu'il fait à la jeune Armande Béjart lui donne un surcroît d'énergie. Pour compenser leur différence d'âge de vingt ans, il redouble d'inventivité, car il sait que le succès lui est désormais indispensable. Il devine le caractère d'Armande : frivolité, goût du monde, des beaux vêtements, des bijoux… Pour la garder, il doit se surpasser.

Le sujet de *L'École des maris* est très révélateur du débat intérieur que suscite Armande chez Molière. Deux frères, Ariste et Sganarelle, sont tuteurs de sœurs orphelines, Léonor et Isabelle. Chacun adopte une attitude différente : Ariste est libéral, compréhensif vis-à-vis de Léonor qu'il laisse libre de choisir son futur mari ; le vieux Sganarelle est sévère avec Isabelle, qui doit recourir à des ruses pour rejoindre son amoureux Valère et l'épouser en secret. À la fin, Ariste est récompensé de sa grandeur d'esprit par l'amour de Léonor, qu'il épousera.

Face à Armande et son insolente jeunesse, Molière sera-t-il Sganarelle ou Ariste ? La conclusion de la pièce semble indiquer que, pour lui, l'affaire est entendue :

*... les verrous et les grilles*
*Ne font pas la vertu des femmes ni des filles.*
(acte III, scène 5)

*L'École des maris* connaît un immense succès : les grandes maisons réclament toutes leurs représentations privées, la Cour en raffole et le public se presse au théâtre. Molière est définitivement lancé.

Et Armande conquise.

*Armande Béjart*

Qui est Armande Béjart que Molière épouse le 23 janvier 1662 ? Sœur bien plus jeune (de vingt-quatre ans) de Madeleine, elle semble l'avoir remplacée dans le cœur du chef de la troupe, qu'elle rejoint comme comédienne par la même occasion. Armande devient Mademoiselle Molière et, par son goût des belles toilettes et des sorties mondaines, donne matière à médire aux ennemis du comédien qui la raillent : « Mademoiselle Molière est l'égale des duchesses. » Le mariage est célébré à Saint-Germain-l'Auxerrois, en présence de la troupe. On imagine les sentiments de Madeleine, qui a toutes les raisons de se sentir sacrifiée.

Les méchantes langues disent qu'Armande est la fille que Madeleine a eue avec le marquis de Modène, cette Françoise dont aucune autre trace que son acte de baptême n'a été conservée, et dont la date de naissance pourrait coïncider avec celle d'Armande. D'encore plus méchantes langues prétendent que, outre le fait d'être la fille de Madeleine, elle serait aussi la fille de Molière, qui était l'amant de Madeleine durant les années entourant la naissance d'Armande. Les rumeurs les plus incongrues courent dans Paris où Molière a suffisamment d'adversaires pour les alimenter. L'acteur Montfleury, son rival le plus acharné, va même devant le roi accuser Molière d'avoir épousé sa propre fille et donc de commettre le pire des crimes : un inceste. Louis XIV, tenant plus que tout à son amuseur préféré, ne donne aucune suite à cette dénonciation, mais diligente tout de même une discrète enquête de police qui ne confirme en rien les accusations de Montfleury. Le couple Molière est conforme à la religion et au droit. De telles accusations blessent profondément Molière.

Ce qui le tourmente davantage est son écart d'âge avec Armande. On a vu que ce sujet était abordé dans *L'École des maris*. Il sera au cœur de *L'École des femmes*, écrite en cette même année de son mariage avec Armande.

Arnolphe, qui a déjà un certain âge, considère qu'une femme ne peut être vertueuse que si elle est maintenue dans un état d'ignorance, voire de naïveté, sinon de niaiserie. Il explique au début de la pièce à son ami Chrysalde qu'il est obsédé par la crainte d'être cocu. Et la seule manière pour lui de l'éviter est d'épouser une femme qui aura été élevée à l'écart du monde dans un état d'innocence absolue. Propos de fou. Pour fabriquer cette épouse idéale à ses yeux, il fait enfermer sa jeune pupille, Agnès, au cœur de sa maison sous la garde d'un valet et d'une servante. Agnès, lasse de cette existence morne et vide, cherche des rencontres. Un jour, de sa fenêtre elle aperçoit un jeune homme qui la salue. Ignorant les convenances, elle lui rend ce salut et se laisse séduire par les manières du jeune Horace.

Lorsque Agnès raconte cet épisode à Arnolphe avec la plus grande naïveté – dans la scène du fameux « Le petit chat est mort » –, ce dernier comprend que sa pupille est en train de céder à ses désirs qui la portent vers un homme plus jeune, plus insouciant, plus léger. Il est puni pour avoir cru qu'une jeune fille pouvait être modelée. Mais il ne renonce pas à changer le cours des choses. Il interdit à Agnès de rencontrer Horace et se hâte de préparer son mariage avec sa pupille, se félicitant d'avoir comme épouse un « morceau de cire » auquel il peut « donner la forme qui lui plaît ». Mais les choses ne tournent pas bien pour lui puisque Agnès, de plus en plus émancipée, choisit d'aimer Horace. Elle assène cette vérité terrible à Arnolphe :

*Mon Dieu, ce n'est pas moi que vous devez blâmer :*
*Que ne vous êtes-vous, comme lui, fait aimer ?*
*Je ne vous en ai pas empêché, que je pense.*
(acte V, scène 4)

En fait, Arnolphe, occupé à la diriger, ne lui a jamais fait la cour. Pitoyable à la fin de la pièce, il supplie Agnès de l'aimer. Son personnage est grotesque et émouvant à la fois, comme si souvent chez Molière :

*Mon pauvre petit bec, tu le peux, si tu veux.*
*Écoute seulement ce soupir amoureux,*

*Molière dans le rôle d'Arnolphe*

*Vois ce regard mourant, contemple ma personne,*
*Et quitte ce morveux et l'amour qu'il te donne.*
(acte V, scène 4)

Molière a-t-il supplié ainsi Armande pour rendre de manière si juste la souffrance d'un « vieux » tentant de détacher celle qu'il aime de son lien avec un « morveux » ?

« La comédie châtie les mœurs par le rire » : ce dicton repris par Molière soutient justement son désir d'appeler à la raison ses contemporains qui s'égarent. Il refuse que les hommes maintiennent les femmes dans un état d'ignorance pour mieux les contrôler. Cette pièce est déjà féministe et on y retrouve la noblesse du combat de Molière pour la liberté.

Les détracteurs se déchaînent vite, bien entendu, ce qui pousse Molière à rédiger en réponse une nouvelle pièce, *La Critique de l'École des femmes*. Des amis discutent de *L'École des femmes*, pièce à laquelle ils viennent d'assister, manière pour Molière d'exposer les avis bien affirmés de part et d'autre.

Deux femmes, Uranie et Élise, reçoivent des connaissances pour parler de la pièce, et très vite deux camps se forment. Dans celui des « contre », un marquis suffisant et un peu bête, Climène, une femme prude et susceptible, et Lysidas, un auteur jaloux de Molière, prétentieux et fat. Dans le camp des « pour », les deux maîtresses de maison ainsi qu'un ami de Molière, Dorante, homme de bon sens. Les dialogues d'une saisissante actualité, sont un régal.

Lorsque Lysidas dit : « Ces sortes de comédies ne sont pas proprement des comédies [...]. Cependant tout le monde donne là-dedans aujourd'hui ; on ne court plus qu'à cela, et l'on voit une solitude effroyable aux grands ouvrages, lorsque des sottises ont tout Paris. Je vous avoue que le cœur m'en saigne quelquefois, et cela est honteux pour la France » (scène 6), on croirait entendre les arguments de ceux qui aujourd'hui fustigent les programmes de télévision ou certains films de cinéma.

*Scène de conversation dans* La Critique de l'École des femmes

Le Marquis affirmant : « Ah ! ma foi oui, tarte à la crème ! voilà ce que j'avais remarqué tantôt ; tarte à la crème ! [...] Tarte à la crème, morbleu ! tarte à la crème ! » (scène 6), il incarne ceux qui manquent de jugement et assènent leur avis, qui radotent plutôt qu'ils argumentent : les éternels péremptoires.

Cette pièce contient plusieurs pensées de Molière sur la comédie, et elles sont lumineuses :

« Si les pièces qui sont selon les règles ne plaisent pas, et que celles qui plaisent ne soient pas selon les règles, il faudrait de nécessité que les règles eussent été mal faites » (Dorante, scène 6). Encore et toujours le combat de Molière en faveur de la liberté du créateur.

« C'est une étrange entreprise que celle de faire rire les honnêtes gens » (Dorante, scène 6).

« Je voudrais bien savoir si la grande règle de toutes les règles n'est pas de plaire ; et si une pièce de théâtre qui a attrapé son but n'a pas suivi un bon chemin » (Dorante, scène 6).

Tout Molière est dans cette dernière réplique : la sanction ultime d'un bon auteur est le plaisir que le public aura eu à assister à sa pièce. Hors de ce plaisir, il n'y a point de salut.

La querelle de *L'École des femmes* a peut-être blessé Molière, elle lui a permis néanmoins de préciser ses vues sur la comédie. Or, tandis qu'on reste là dans un débat littéraire, les mois suivants donnent à ses ennemis l'occasion d'un combat autrement plus violent, aux conséquences graves.

Pour moi, *L'École des femmes* est indissociablement liée à Louis Jouvet, que je considère mon maître absolu. Je l'ai vu jouer, je l'ai croisé dans les coulisses, mais je n'ai jamais osé lui parler. Il m'a tout enseigné depuis ce jour de 1950 où, sur la scène du théâtre des Célestins, son jeu m'a fasciné.

*Louis Jouvet interprétant le rôle d'Arnolphe en 1936*

Jouvet était un Arnolphe inouï, ses insolences à Molière était divines. Les rires du public étaient incessants. La plus grande interprétation de Molière que j'ai vue, c'est Jouvet dans *L'École des femmes*.

Il incarnait tant le rôle qu'on en était presque gêné pour lui. Son Arnolphe était hénaurme, l'ânerie même, bête comme une soupière. Le jeu de Jouvet est inoubliable, probablement au-delà de ce que Molière avait imaginé. Il arrive que les personnages poussent Molière en dehors du bon sens ou de l'humanité qu'il leur a prêtés. C'est très rare. Je ne vois que Jouvet qui soit allé aussi loin, il a littéralement brisé la coquille de Molière pour lui faire cracher la vérité. Jouvet incarnait très bien Dom Juan ou Tartuffe, mais suprêmement bien Arnolphe.

## 10
## L'aventure des trois Tartuffe

L'Histoire a retenu la grande fête que le surintendant des finances, Nicolas Fouquet, offre au jeune Louis XIV le 17 août 1661 à Vaux-le-Vicomte. Plus de trois mille invités parmi les plus prestigieux du royaume, les plus grands artistes, musiciens, dramaturges… Une soirée réglée comme un ballet : visite du château guidée par son architecte et son décorateur ; dégustation d'un « ambigu » (buffet présentant ensemble la totalité des plats de la soirée, sucrés comme salés), servi dans une luxueuse vaisselle en vermeil ; représentation des *Fâcheux*, première comédie-ballet du siècle, fruit d'une collaboration entre Molière et Lully, qui font surgir, durant les intermèdes, des elfes parmi les arbres et les buissons pour offrir des cadeaux aux dames (on parle même de diamants…) ; et pour finir, un somptueux feu d'artifice illuminant le château.

Jean de La Fontaine, présent à la soirée, commente : « Tout combattit à Vaux pour le plaisir du roi,/La musique, les eaux, les lustres, les étoiles. »

Cette immense fête, destinée à éblouir le roi, a l'effet inverse : elle l'offusque profondément. D'abord, l'étalage de richesses de la part d'un homme supposé veiller à la bonne gestion des finances de l'État ne peut que provoquer des soupçons de détournement et de malhonnêteté. Pire encore, un bourgeois enrichi ose offrir le plus beau divertissement du royaume, le plus raffiné aussi, dans un des châteaux les plus splendides jamais construits en France : Nicolas Fouquet se place ainsi au-dessus du roi lui-même, crime qui lui sera fatal. Au sortir de la Fronde, après la mort récente de Mazarin, Louis XIV ne peut tolérer un tel défi. Fouquet est immédiatement mis aux fers, il y restera jusqu'à sa mort.

Mais Louis XIV n'en est pas moins ébloui par le faste et le bon goût de Fouquet, et fait travailler à son tour à Versailles les artisans et artistes qui ont bâti et embelli le château de Vaux-le-Vicomte : l'architecte Le Vaux, le jardinier Le Nôtre, le peintre Le Brun, le pépiniériste La Quintinie et les liciers de Maincy avec lesquels il crée la Manufacture des Gobelins.

Fouquet a aussi obtenu la collaboration de Molière ce fameux soir du 17 août. Il lui a commandé une comédie entrecoupée de ballets, donnée de nuit en plein air dans un théâtre de verdure avant le feu d'artifice. Molière présente donc *Les Fâcheux*, comédie-ballet, suite de saynètes ordonnées autour d'un thème : un amoureux, par la faute de « fâcheux » qui se mettent en travers de son chemin, ne peut rejoindre la femme qu'il désire. S'insèrent entre les scènes des intermèdes de ballets dont la musique, composée par Lully, est exécutée par des violons et des hautbois. C'est la première collaboration entre Molière et le musicien. La beauté de ce spectacle est telle que le roi, ébloui, suggère à Molière de brosser un portrait supplémentaire de fâcheux en la personne de M. de Soyecourt, un veneur qui agace ses amis par ses interminables récits d'exploits de chasse. Molière suivra le conseil du roi et ajoutera cet épisode lors de la représentation de la pièce au Palais-Royal.

La Fontaine est aussi parmi les spectateurs enthousiastes des *Fâcheux* :

*C'est un ouvrage de Molière,*
*Cet écrivain par sa manière*
*Charme à présent toute la cour.*
*De la façon que son nom court,*
*Il doit être par-delà Rome.*
*J'en suis ravi, car c'est mon homme.*

(Lettre à M. de Maucroix,
*Relation d'une fête donnée à Vaux*)

Retenons que La Fontaine sera jusqu'au bout l'un des plus fidèles soutiens de Molière qu'il admire profondément. Il a réfléchi autrefois sur l'art du comique, à partir des auteurs anciens. Il distinguait le comique délicat de Térence de celui, plus grossier, de Plaute, qu'il proscrivait avec dédain. À présent, au lieu de les opposer, il les réconcilie en la personne de Molière, et les unit à travers lui.

La Fontaine et Molière sont proches : entomologistes de la conscience humaine, ils sont tous deux des observateurs d'une puissance inouïe, rien ne leur échappe des comportements de ces drôles d'animaux appelés humains.

*Les Plaisirs de l'Île enchantée* est une gigantesque fête que Louis XIV organise à Versailles, du 7 au 13 mai 1664, pour faire oublier, en les dépassant, les fastes de la fête de Vaux-le-Vicomte. Elle est dédiée officiellement aux reines Anne d'Autriche et Marie-Thérèse, mais tout le monde sait qu'en fait elle rend hommage à la jeune favorite du roi : Louise de La Vallière.

À cette fête qui dure une semaine, toute la Cour assiste dans des costumes, robes, tenues, livrées magnifiques, étincelants et luxueux. Soupers en plein air, comédies, défilé de chars, feux d'artifice, courses de têtes, courses de bagues, collations : d'innombrables divertissements sont à la disposition des invités du roi, aux heures du jour comme de la nuit.

*Les Plaisirs de l'Île enchantée, Versailles, 1664*

Louis XIV a donné comme instruction à l'organisateur de ces fêtes de privilégier Molière et sa troupe, qui produiront donc *Les Fâcheux*, *La Princesse d'Élide*, *Le Mariage forcé* – comédie-ballet dans laquelle Louis XIV danse lui-même –, et *Le Tartuffe*. Molière, très habile, a écrit en vitesse *La Princesse d'Élide*, une œuvre galante, et s'arrange pour y insérer des vers à la gloire de l'amour chez les jeunes princes :

*Je dirais que l'amour sied bien à vos pareils,*
*Que ce tribut qu'on rend aux traits d'un beau visage*
*De la beauté d'une âme est un clair témoignage,*
*Et qu'il est malaisé que, sans être amoureux,*
*Un jeune prince soit et grand et généreux.*

(acte I, scène 1)

Molière, de cette façon, justifie un scandaleux adultère public, ce qui renforce la faveur du roi à son égard.

Dans son passionnant *Molière ou l'essence du génie comique*, l'écrivain Ramon Fernandez expose avec justesse les raisons pour lesquelles Louis XIV s'attache à l'homme et le protège : « On sait avec quelle fermeté réfléchie et avec quel art de la mise en scène Louis XIV jouait son rôle. [...] Molière répondait parfaitement dans son domaine à ce que Louis XIV attendait de ses serviteurs. C'est un admirable observateur de la conduite humaine. [...] Et c'était aussi un bourgeois, ni plus ni moins que Colbert, égaré certes dans un monde équivoque, mais d'autant plus dépendant du roi. En somme c'était un bouffon, mais sous un souverain qui élève naturellement son bouffon à la dignité de secrétaire d'État au Ridicule. »

À la fin de cette semaine de fête, le sixième jour, Molière présente *Le Tartuffe ou l'Hypocrite*. Il est étonnant qu'au milieu d'une fête légère, où on ne parle que d'amour et de plaisir, Molière choisisse le thème de la religion pour écrire son *Tartuffe*. À cette époque les questions de religion ne sont jamais évoquées sur scène, le mot « église » ne peut même pas y être prononcé, on le remplace par « temple ».

Pourquoi Molière prend-il un tel risque ? En tant que courtisan avisé, en homme habile qu'il est, il ne peut commettre un tel impair. Certains historiens pensent même que, si Molière ose porter sur scène un sujet aussi explosif, cela ne peut être qu'avec les encouragements, voire les instructions, du roi lui-même qui veut régler ses comptes avec les dévots. Ceux-ci en effet voient d'un mauvais œil les amours adultères de Louis XIV avec Louise de La Vallière.

Qui sont ces dévots, ces gens pieux, excessivement attachés aux règles et pratiques religieuses ? Aujourd'hui on les appellerait fanatiques. Ils sont membres d'organisations souvent secrètes, dont la plus visible et la plus puissante est la Compagnie du Saint-Sacrement. Constituées à l'origine pour lutter contre les protestants, ces compagnies fomentent des intrigues dans le but d'influencer les affaires de l'État. Elles utilisent la religion afin d'assurer leur propre pouvoir, s'ingèrent dans les affaires des familles riches aux fins de détourner leur argent, comme le fait Tartuffe dans la pièce.

Les critiques se déchaînent : un curé de Paris, Pierre Roullez, qualifie Molière de « démon vêtu de chair et habillé en homme, et le plus signalé impie et libertin qui fût jamais dans les siècles passés», qui mérite «un supplice exemplaire et public».

Aujourd'hui nous trouvons ces accusations hallucinantes. Mais à l'époque elles sont très dangereuses: on ne badine pas avec les dogmes et la religion. En cela Molière est un héros immense par son audace. Il n'est pas un homme de lettres confortablement installé, il se met en danger. C'est un chef de troupe qui doit faire vivre ses douze acteurs, il en est responsable. Risquer la condamnation, c'est aussi mettre ses comédiens dans une extrême difficulté.

Louis XIV cherche à combattre ce pouvoir occulte qui s'oppose à ses plaisirs. Mais les compagnies secrètes sont protégées par la reine-mère Anne d'Autriche, et c'est pour lui complaire que le roi laisse censurer la pièce de Molière, à condition que les dévots lui assurent une tolérance sur les écarts de sa vie privée.

La pièce est interdite et retirée de la scène. Trois ans plus tard, Molière la remanie et elle devient *Arnulphe ou l'Imposteur*, jouée le 5 août 1667. Aussitôt, le premier président du parlement de Paris, Guillaume de Lamoignon, membre de la Compagnie du Saint-Sacrement, l'interdit à son tour. L'archevêque de Paris, Hardouin de Péréfixe, menace d'excommunication les acteurs et toute personne qui se déplacerait pour assister à la pièce. Le roi est alors en Flandre où il mène la guerre. Molière lui rédige une demande écrite de faveur, un placet, où il insiste sur les adoucissements introduits. Par exemple, Tartuffe, dans cette deuxième version, est présenté comme un laïque, quelqu'un qui n'appartient pas à l'Église.

« J'attends avec respect l'arrêt que Votre Majesté daignera prononcer sur cette matière : mais il est très assuré, Sire, qu'il ne faut plus que je songe à faire des comédies, si les tartuffes ont l'avantage ; qu'ils prendront droit par-là de me persécuter plus que jamais, et voudront trouver à redire aux choses les plus innocentes qui pourront sortir de ma plume.

« Daignent vos bontés, Sire, me donner une protection contre leur rage envenimée ! et puissé-je, au retour d'une campagne si glorieuse, délasser Votre Majesté des fatigues de ses conquêtes, lui donner d'innocents plaisirs après de si nobles travaux, et faire rire le monarque qui fait trembler toute l'Europe. »

Mais, pris par sa « campagne glorieuse », Louis XIV n'agit pas pour donner satisfaction à Molière, et *Arnulphe ou l'Imposteur* demeure interdit.

En 1669, une troisième version intitulée *Le Tartuffe ou l'Imposteur* sera enfin autorisée car le parti des dévots a perdu de son influence à la mort de la reine-mère en 1666. Le roi a fait dissoudre la Compagnie du Saint-Sacrement. Le succès est triomphal et engrange de fortes recettes pour la troupe. La bataille du *Tartuffe* aura duré cinq ans. Elle a été violente, et Molière en garde de profondes blessures.

Pourquoi le personnage de Tartuffe dérange-t-il autant les dévots ? Parce qu'il leur est un miroir insupportable. Il s'infiltre dans la famille d'Orgon, un riche bourgeois très naïf et pieux, et, après les avoir mis sous influence, lui et sa mère, Madame Pernelle, il s'applique à les dépouiller de leurs biens en les persuadant de les lui léguer. Les enfants d'Orgon, ainsi que son beau-frère Cléante, vont tâcher de lui ouvrir les yeux sur la réalité. Les dialogues sont drôles et terrifiants à la fois, ils montrent la puissance de l'endoctrinement, celle de la bêtise aussi.

*Du Croisy dans le rôle de Tartuffe.*

Tartuffe l'hypocrite cache derrière sa façade d'homme pieux la pratique de péchés capitaux comme la gourmandise (« Il soupa, lui tout seul, devant elle,/Et fort dévotement il mangea deux perdrix,/Avec une moitié de gigot en hachis. »), la luxure, qui plus est envers la femme de son bienfaiteur (« Ah ! pour être dévot, je n'en suis pas moins homme ;/Et lorsqu'on vient à voir vos célestes appas,/Un cœur se laisse prendre, et ne raisonne pas»), l'envie, l'avarice. La religion n'est pour lui qu'un moyen d'avoir une emprise sur les dupes qu'il veut dépouiller.

Dans la préface à sa pièce, Molière explique que son arme la plus redoutable pour combattre les faux-semblants de la société est le ridicule. À voir la violence des contre-attaques, on comprend que ce ridicule a fait mouche.

# 11
# Intermède
## *Le Tartuffe*

Au moment où j'achève cet ouvrage, je m'apprête à remonter sur scène – à quatre-vingt-douze ans… – en septembre 2017 pour interpréter pour la première fois de ma vie le rôle d'Orgon dans *Le Tartuffe*. Malgré les difficultés probables – c'est dur et risqué d'envisager trois mois de représentations quotidiennes, à mon âge –, je suis toujours si heureux de jouer Molière. J'en ai besoin. Je ne suis pas infatigable, je suis très fatigué, mais je ne peux pas m'en empêcher. Tenter l'expérience, c'est ce qui me passionne vraiment. Même si je me dis chaque fois que je n'y arriverai pas, j'entends tenir mon rôle physiquement et en justesse.

Il y a beaucoup de rôles que je voudrais jouer encore. Je n'arrêterai jamais le théâtre. Pourquoi arrêter ? Mais je passe des nuits blanches à imaginer que je vais bloquer en plein milieu de la pièce, que j'aurai un trou de mémoire. Ce n'est pas du plaisir, c'est une angoisse affreuse. Mais je tiens à connaître quelque chose que je ne vivrais pas autrement. Après tout, je ne risque rien d'autre que de me casser la figure.

*

Mon premier rôle dans *Le Tartuffe* fut celui de Damis, et il m'a causé beaucoup de difficultés. J'étais très jeune, j'avais dix-neuf ans, on était à la fin de l'Occupation. C'est un rôle d'un seul tenant. J'ai essayé de respecter l'humeur que Molière commandait, toujours la même, très violente. Damis est le seul de son genre dans la pièce, j'étais un peu isolé. J'ai essayé de tenir mais le rôle est ingrat. Sa brusquerie me paraissait difficile à assumer : il manifeste un esprit offensif, une force instinctive due à l'âge. On peut imaginer que Damis a dix-sept ans. Il est en contradiction totale avec lui-même. Molière a vu juste.

*Michel Bouquet en Tartuffe avec Delphine Seyrig*

*

J'ai joué le rôle de Tartuffe une seule fois, pour la télévision, avec Delphine Seyrig, magnifique dans le rôle d'Elmire. J'ai ressenti Tartuffe comme un personnage plutôt entier, pas si intéressant au fond. Il est théâtralement difficile à jouer parce qu'il doit émaner de lui une forme de médiocrité. Tartuffe est élémentaire, lisible. C'est un vrai gangster, il a la simplicité que lui prête Gérard Depardieu qui l'a très bien joué au cinéma.

*

Orgon est un personnage à propos duquel les metteurs en scène, en général, ne prennent pas parti. Molière a écrit le rôle pour lui-même. En y pensant, je me dis qu'il faut que je lui sois fidèle, même si je n'ai que mon imagination pour ressusciter Molière et son jeu.

Orgon a une importance énorme car il est coupable de ce qui arrive. Il est le personnage clé de l'histoire, tout en surprise, par sa bêtise, pour ainsi dire sacrée. Orgon est dévot, il est doué pour ça, il en a le tempérament... Aveuglé par Tartuffe qui est une sorte de projection de lui-même, il l'aime parce qu'il voudrait être un aussi bon dévot que lui. Orgon est représentatif de ce genre d'hommes qui définissent leur puissance par l'argent, la position, la foi en quelque chose – ici la religion.

Il m'est difficile de parler de ce sujet car Molière est toujours plus mystérieux qu'on ne le croit. Dès qu'on se met à traiter avec lui, on est terrassé par les propositions qu'il fait à son acteur. Tous les jours je suis émerveillé par les situations, d'une puissance telle qu'on n'ose même plus avoir un avis.

Je suis dépassé quand Orgon parle à sa fille Marianne. Il ne la regarde pas, il parle à une chose, qui est sa fille.

*Je porte en ce contrat de quoi vous faire rire,*
*Et vous savez déjà ce que cela veut dire.*

(acte IV, scène 3)

Quelle méchanceté, quelle férocité inouïe ! Il veut la marier de force à Tartuffe et, quand elle implore sa compréhension, il s'adresse à lui-même cette exhortation : « Allons, ferme, mon cœur, point de faiblesse humaine. » Et, pour finir et ne plus souffrir de contestation de la part de sa fille, il lui assène définitivement :

*Mortifiez vos sens avec ce mariage*
*Et ne me rompez pas la tête davantage.*

(acte IV, scène 3)

Un père peut-il être plus impitoyable envers sa fille ? Orgon est-il coupable de cette dureté ? Pas forcément.

Certaines répliques d'Orgon me donnent envie de le chasser du théâtre. C'est un bourgeois qui écrase sa maisonnée, un monstre terrible de méchanceté, de bêtise. Mais de touchante douceur aussi. Avec ce personnage, le talent de Molière prend sa véritable dimension.

*

Molière est le reflet de nous-mêmes : menons-nous notre vie comme nous le voulons ? Non, c'est la vie qui nous mène et nous faisons comme nous pouvons. Cet aspect de Molière est souvent mis de côté, on ne voit que l'efficacité de son comique. Il faut toujours se méfier du comique. Quand le personnage d'Orgon prend la défense de Tartuffe, il est dit dans les notes de Molière qu'il est en larmes.

Est-ce un sentiment ou un réflexe, je ne sais pas. Molière n'est jamais très explicite. On le dit apôtre du réel, du pur contact avec les personnages. Mais je n'en suis pas si sûr, les réactions des personnages sont parfois difficilement interprétables. Pourquoi ici Orgon est-il en larmes ?

*

On a hasardé l'hypothèse d'une homosexualité refoulée, d'une attirance d'Orgon pour Tartuffe au point qu'il veut s'offrir tout à lui, et en plus lui donner sa fille, sa maison, sa fortune. Je ne favorise pas cette interprétation.

*

Comme nous l'avons vu, on trouve toujours un sentiment tragique chez Molière. Après avoir joué des grands héros de tragédie au début de sa carrière, il s'est demandé : qu'y a-t-il de tragique dans la condition humaine puisqu'il y a tant de choses comiques ? Puisqu'il y a tant de choses qui font que les hommes et les femmes sont si petits, de minuscules insectes ? L'acte III de *Tartuffe* est énorme d'étrangeté, notamment la déclaration d'amour de Tartuffe à Elmire, la dénonciation de cette infamie par Damis à son père et l'incroyable habileté de Tartuffe à retourner la situation en plaidant coupable, jusqu'au point où Orgon, après avoir déshérité et maudit son fils, soupire, désolé, à propos de Tartuffe : « Offenser de la sorte une sainte personne ! »

Orgon considère que Tartuffe descend directement du ciel. Il veut l'attirer chez lui pour combler un vide intérieur. Orgon est un point d'interrogation pour le spectateur : par quoi est-il tiraillé, que lui manque-t-il pour trouver stabilité et tranquillité ?

*

Les personnages de Molière réagissent souvent avec une grande bêtise, c'est ce qui les rend si ambigus, beaucoup moins solides qu'il ne paraît. Molière a compris le poids du concret, et ce qui dans le concret est mystère. C'est le poète qui a le mieux donné vie au secret de l'action humaine.

À la fin de cet acte III, on imagine Tartuffe qui jouit intérieurement en pensant : « Enfin, je le tiens », tout en proclamant : « La volonté du Ciel soit faite en toute chose. » La réflexion dans la cervelle de Tartuffe trouve son aliment dans la tête d'imbécile d'Orgon. Molière se sert du caractère prosaïque des choses pour en faire un outil de puissance sur l'autre, et la situation devient tragique, tout en restant présentée de telle manière qu'elle reste comique. Il réussit là un exercice d'une monumentale virtuosité... D'une immense sagesse aussi.

Molière est peut-être le plus grand des moralistes. Parce qu'il souffre. Quand la plupart des autres ne font que constater, lui souffre.

*

Beaucoup de choses arrivent entre deux répliques. Il faut le marquer dans l'interprétation. Monsieur Dullin ou Monsieur Jouvet le faisaient magnifiquement. Tout à coup la grandeur dégringole sur une pente drolatique phénoménale, dans un ridicule absolu. Mais la grandeur reste dans l'esprit du spectateur. Et la déchéance est sanctifiée.

*

*Le Tartuffe* contient une résonance contemporaine, alors que le fanatisme revient à grands pas dans notre monde. Comment quelqu'un peut-il être fasciné par exemple par la politique, comme un forcené ? Le fait que des gens se fanatisent pour une cause dévoile une partie cachée de leur caractère.

Il y a beaucoup d'Orgon aujourd'hui. Comme chez lui, leur défaut est un désir d'aveuglement, un besoin d'autorité, un rêve d'obéissance. La phrase de Talleyrand : « Ce ne sont pas les dupes qui manquent, mais les charlatans » est si juste. Au fond, beaucoup de gens sont des dupes en puissance, qui ne demandent qu'à être trompés, dans un désir forcené, dérisoire, qui fait peur en même temps. Aujourd'hui, on compte beaucoup plus de gens d'accord avec Tartuffe que de gens prêts à le condamner.

*

Molière est mort en 1673, alors que Louis XIV était encore jeune, avide de se divertir, rire, s'amuser. Ce n'est que plus tard qu'il est devenu le majestueux Roi-Soleil, qu'il s'est figé sous l'influence de Madame de Maintenon. Elle a su le rendre orgonesque. Jeune, il a compris la force de la pièce de Molière qu'il a réussi à imposer aux dévots. Lui-même, qui a ri de la stupidité d'Orgon, voilà qu'à son tour il devient un nouvel avatar de ce personnage.

C'est comique au fond, parce qu'il n'y a aucun espoir.

# 12
# Un séducteur cynique

Ayant perdu la bataille du premier *Tartuffe*, le roi étant alors impuissant à résister au parti des dévots, Molière se réfugie dans l'écriture d'une nouvelle pièce, un texte différent de celui qui lui a valu l'opprobre. *Dom Juan ou le Festin de pierre* est une pièce de toutes les exagérations, bien plus audacieuse que *Le Tartuffe*, tout en retenue et en dissimulation.

Le personnage de Dom Juan défie Dieu, la morale, la bienséance, la politesse et se place au-delà du bien ou du mal. La seule chose qui compte est son plaisir, son pouvoir et sa possession des femmes. Il court à sa propre mort en riant haut et fort, ignorant les avertissements de son valet Sganarelle, de son épouse délaissée, Elvire, de la statue de pierre qui lui parle de manière surnaturelle. Ces rappels des dangers qui le guettent l'électrisent plutôt et il continue à séduire avec frénésie, par exemple les petites paysannes Charlotte et Mathurine. Seule la mort, où l'entraîne le Commandeur, est capable de mettre un terme à sa rage de liberté et à son inconscience.

En créant un personnage aussi outrancier, Molière montre l'étendue de son désespoir et met à nu son cœur meurtri, malgré la joie féroce et l'ironie noire que contient cette pièce. La révolte de Dom Juan est celle de son auteur.

Car, en 1665, Molière est à un moment particulièrement difficile. Lui qui a toujours suivi les règles, qui a été loyal envers le roi, qui s'est toujours montré habile et prudent, a l'impression que la vie se dérobe à lui. Armande et lui viennent de perdre leur premier enfant, un fils ; ses ennemis se déchaînent ; le roi le soutient, certes, mais d'une manière plutôt molle : à ses yeux, Molière ne devrait pas franchir certaines lignes rouges. Les acteurs de sa troupe sont de plus en plus fébriles, lui reprochent de ne pas assurer leur avenir ; Armande s'éloigne en lui préférant la compagnie d'hommes plus jeunes, plus riches, plus frivoles, tournés vers les plaisirs de leur âge. Molière est surmené, il travaille énormément, écrit, gère la troupe et affronte les nombreux problèmes du quotidien. Mais, plus inquiétant encore, il commence à ressentir les premières attaques de sa maladie, une tuberculose probablement.

Ce Molière à bout de forces trouve son personnage inversé en Dom Juan : libre, sans attaches, sans cadre, en bonne santé, plein de bravade, d'énergie, d'insolence, réussissant à tout coup auprès des femmes. Dans son propre désespoir, Molière attaque au travers de son héros tout ce qui a constitué jusqu'ici le socle de sa conduite : l'amour, l'ordre social, l'honnêteté, le bonheur, l'amitié.

*Louis Jouvet, dans le rôle de Dom Juan, 1947*

On peut voir aussi, et c'est un des intérêts de la pièce, dans la conduite trouble et noire du personnage de Dom Juan le versant sombre du XVII^e siècle, qu'on qualifie de siècle classique et qui reposerait sur l'harmonie, l'équilibre, la raison ; dans la pensée du roi, qui a été théorisée par Colbert, l'art lui-même doit aider le pouvoir à asseoir cette politique d'ordre. Mais la société est plus complexe et il suffit de relever les scandales qui ont surgi comme celui de l'affaire des poisons, où la Brinvilliers et ses comparses assassinent dans l'ombre des pères à héritage, des maris jaloux ou des enfants non désirés. La future favorite du roi, la Montespan, sera elle-même plus tard accusée d'avoir voulu empoisonner le souverain. Une large fraction de la société, qui complote ou qui souffre tant qu'elle ne bénéficie pas du grand soleil royal, est décrite en filigrane de cette comédie qui est au fond, au deuxième degré, une peinture des mœurs. Que de seigneurs de la Cour se comportent comme Dom Juan : cyniques, athées, prédateurs violents...

Le succès de la pièce est d'abord retentissant ; mais, de nouveau, les dévots attaquent, notamment Rochemont qui accuse : « Molière est lui-même un tartuffe achevé et un véritable hypocrite. Il ressemble à ces comédiens dont parle Sénèque, qui de son temps corrompaient les mœurs sous prétexte de les réformer et qui, sous couleur de reprendre le vice, l'insinuaient adroitement dans les esprits. »

Une fois de plus, Louis XIV obtempère face aux manigances des dévots. Il n'interdit pas officiellement la pièce, mais suggère à Molière de la retirer de l'affiche. Ce dernier ne peut qu'obéir. En contrepartie, le roi donne à la troupe le titre officiel de Troupe du Roi, et lui octroie une pension annuelle confortable de 6 000 livres. La compagnie de Molière devient ainsi la première du royaume devant ses rivaux de l'Hôtel de Bourgogne et du Marais.

Il reste que Molière a perdu une nouvelle bataille contre les dévots. *Dom Juan* ne sera plus jouée de son vivant. Elle a été reprise au XIX^e^ siècle, puis plus largement au XX^e^, après la brillante interprétation de Louis Jouvet en 1947.

# 13
# Intermède
## *Dom Juan*

Lorsque je jouais le rôle de Pierrot dans *Dom Juan*, sous la direction de Jean Vilar à Avignon en 1953, ce fut une révélation pour moi, un miracle, mais un miracle difficile à obtenir. J'ai eu du mal à jouer ce paysan qui ne comprend rien. Il a un accent campagnard, une espèce de lourdeur, mais en même temps ce rôle apporte à la pièce une sorte de candeur.

« Aga guien, Charlotte, je m'en vas te conter tout fin drait comme cela est venu : car, comme dit l'autre, je les ai le premier avisés, avisés je premier je les ai. Enfin donc j'estions sur le bord de la mar... » (acte II, scène 1).

J'ai adopté cet accent étrange, qui ne ressemble à rien d'autre, simplement en lisant le rôle. L'écriture est magnifique. Pierrot introduit de la magie dans la pièce, même s'il est l'homme le moins magique en apparence. Molière fait souvent ainsi : il confie à un rôle un pouvoir qui ne dépend pas de la personne.

Pierrot est le premier à condamner Dom Juan. Il reçoit une gifle de sa part, et sa seule réaction est de regretter de l'avoir sorti de l'eau : « Palsanqué ! Morquenne ! Ça n'est pas bian de battre les gens, et ce n'est pas là la récompense de v's avoir sauvé d'estre nayé » (acte II, scène 3).

Cette réplique contient le cri de désespoir d'une certaine catégorie d'individus frappés tôt dans leur vie par le malheur. Le sort qui lui est réservé par le destin est tellement injuste que Pierrot en acquiert malgré lui une certaine dimension. La rusticité accompagnée de grandeur confère à ce rôle quelque chose d'énigmatique. Molière a un pouvoir particulier de laisser à chacun sa part d'existence et de le projeter de plain-pied sur le théâtre. Toute une catégorie d'individus sont rassemblés dans ce personnage-là, ils partagent son destin misérable.

*

Les représentations de Vilar dans la Cour d'honneur ont impressionné le public qui a vu là une nouvelle forme de théâtre. On avait l'impression de tout comprendre. C'était une sorte de livre que Vilar avait créé, agissant comme un imprimeur qui choisissait le papier, la calligraphie, les interlignages, pour que le texte soit clair et net, respire dans la forme nécessaire pour parvenir au spectateur. Il réussissait admirablement ce travail, c'était là son génie particulier. Il faisait de tous les chefs-d'œuvre des évidences.

J'ai été très frappé de voir à quel point Jean Vilar savait organiser l'espace, trouver la ligne rythmique dans laquelle la pièce acquiert son existence.

Vilar était un grand metteur en page, d'une parfaite modestie, et en même temps d'un grand orgueil. Il savait que le chef-d'œuvre ne serait jamais plus intelligent que lui.

*

Puisque j'évoque la figure de Jean Vilar, j'ajoute un aparté sur la fonction du metteur en scène, fonction qu'a remplie Molière lui aussi, au sein de sa troupe, dans la mesure où cet homme-orchestre régissait la totalité des spectacles.

*Jean Vilar et Michel Bouquet dans* L'Avare *en 1953*

Nous vivons dans une époque où le metteur en scène se veut prépondérant par rapport à l'œuvre. Je ne le tolère pas. Il ne faut pas faire dire à Molière autre chose que ce qu'il a dit car il l'a fait bien mieux que nous ; en rajouter serait le déprécier.

Nous sommes tous des personnages de Molière, d'une certaine manière. C'est merveilleux tout ce qu'il met en lumière au XXIe siècle, merveilleux qu'il reste si vivant dans un temps où il n'a pas vécu. Le metteur en scène doit le respecter, il doit aider l'acteur à charger de chair la pensée et le texte de l'auteur.

Le rôle du metteur en scène est capital, mais il ne me regarde pas, ou presque pas. J'entre dans son travail, mais je ne permets guère qu'il se mêle du mien.

J'ai le courage de monter sur scène parce que je défends ma conception du personnage. Si je dois incarner une version qu'on m'a soufflée à l'oreille, je n'aurai plus la même foi ni la même raison de me produire. C'est très orgueilleux, oui, mais pourquoi se présenter devant huit cents personnes si l'on n'a pas l'orgueil de montrer le résultat d'un énorme et difficile travail personnel ? Entrer en scène, c'est risquer la chute, le trou de mémoire, c'est se rendre disponible à la surprise, ne pas donner l'impression d'une leçon apprise.

*

Je n'ai jamais interprété le rôle de Dom Juan, parce que les circonstances n'ont pas voulu que je m'y intéresse. Les metteurs en scène ne me l'ont jamais proposé non plus, je ne dois pas avoir les qualités physiques requises... Jouvet non plus, direz-vous, mais Jouvet, c'est Jouvet.

Dom Juan passe son temps à rouler des gens, à séduire, à abuser. Il n'a jamais peur, car il n'a pas de conscience. Il croit qu'il possède là une liberté immense, alors qu'au contraire son absence de conscience le limite, au point qu'il perd beaucoup d'intérêt pour le spectateur.

*

Je pense que Molière n'a pas forcément réussi cette pièce. J'ose le dire, elle n'est pas convaincante. On sent que le personnage ne convient pas à Molière, il ne le comprend pas, il ne sait pas le faire vivre.

Au fond, Dom Juan n'est pas assez humain pour convenir à Molière. Dans l'ensemble de ses pièces, ce sont les défauts de l'homme qui l'amusent, le passionnent. Par la puissance de son écriture, il béatifie ses personnages malgré eux, malgré leur destin souvent médiocre. Là se trouve le miracle.

Quant à Dom Juan, Molière ne peut pas le sauver car il est tout d'un bloc. Malgré son génie, il est impuissant devant cet être de granit, cette cuirasse indestructible, cette détermination à foncer vers l'abîme.

# 14
# Alceste, le sincère excessif

Puisque l'on ne veut voir en Molière qu'un amuseur public, alors, par lassitude, après l'interdiction du *Tartuffe* et la cessation des représentations de *Dom Juan*, il revient à la farce. Il écrit en quelques jours *L'Amour médecin*, donné à Versailles en septembre 1665, puis au Palais-Royal. C'est un immense succès public, et voilà assurées de bonnes rentrées financières pour la troupe. Louis XIV dira même, fort diverti par le spectacle: « Les médecins font assez souvent pleurer pour qu'ils fassent rire quelquefois. » Cette pièce inaugure la série dans laquelle Molière représente des médecins incompétents qui soutirent de notables sommes à des malades qu'ils sont incapables de soigner.

Cette année 1665 se termine tristement, malgré les succès. Pour un auteur aussi profond et fin observateur de l'âme humaine, il est difficile de se laisser rigidifier dans l'image d'un divertisseur spécialiste de farces. Il pense même abandonner la direction de la troupe et se consacrer à son œuvre la plus sérieuse. Il s'en ouvre à Armande, mais se voit signifier un refus net. Armande veut briller en tant que comédienne, elle réclame de l'argent pour sa vie mondaine, les habits, les bijoux qu'elle affectionne. Il lui faut de l'activité, de la joie, des rencontres. Elle ne peut pas imaginer un avenir avec son vieux barbon de mari dans le calme nécessaire à l'écriture. Armande est trop jeune, a trop de courtisans, trop d'admirateurs. Dans sa *Vie de M. de Molière*, Jean-Léonor Le Gallois de Grimarest prête ces propos à Molière. Ils sont peut-être imaginés, mais tout à fait vraisemblables :

« Oui, mon cher Monsieur Rohaut, je suis le plus malheureux de tous les hommes, et je n'ai que ce que je mérite. Je n'ai pas pensé que j'étais trop austère pour une société domestique. J'ai cru que ma femme devait assujettir ses manières à sa vertu, et à mes intentions ; et je sens bien que dans la situation où elle est, elle eût encore été plus malheureuse que je ne le suis, si elle l'avait fait. Elle a de l'enjouement, de l'esprit ; elle est sensible au plaisir de le faire valoir ; tout cela m'ombrage malgré moi. J'y trouve à redire, je m'en plains. Cette femme cent fois plus raisonnable que je ne le suis, veut jouir agréablement de la vie ; elle va son chemin : et, assurée par son innocence, elle dédaigne de s'assujettir aux précautions que je lui demande. Je prends cette négligence pour du mépris ; je voudrais des marques d'amitié pour croire que l'on en a pour moi, et que l'on eût plus de justesse dans sa conduite pour que j'eusse l'esprit tranquille. Mais ma femme, toujours égale, et libre dans la sienne, qui serait exempte de tout soupçon pour tout autre homme moins inquiet que je ne le suis, me laisse impitoyablement dans mes peines; et occupée seulement du désir de plaire en général, comme toutes les femmes, sans avoir de dessein particulier, elle rit de ma faiblesse. »

Molière va de nouveau se jeter corps et âme dans le travail puisque là, au moins, il est heureux, vit avec ses personnages, s'ébat dans cette liberté. La pièce suivante est une sorte de bilan personnel : il va créer *Le Misanthrope*, troisième volet d'un triptyque après *Le Tartuffe* et *Dom Juan*, en prenant comme matière vive ses déceptions intimes, sa solitude, son mariage raté qui ressemble presque à une rupture.

Alceste est un homme intransigeant doublé d'un mélancolique. Il considère que la société n'est qu'un théâtre de tromperie et de médisance, où personne ne dit ce qu'il pense, où chacun doit mentir pour survivre. Il porte ainsi un regard très noir sur les humains et le proclame au début de la pièce avec une grande franchise :

*... et je hais tous les hommes,*
*Les uns parce qu'ils sont méchants et malfaisants,*
*Les autres pour être aux méchants complaisants.*
(acte I, scène 1)

Cet excès de vertu – puisque Alceste professe qu'on doit dire la vérité à tout prix – ne l'empêche pas d'être amoureux de Célimène, une jeune femme riche, libre, indépendante, bien décidée à ne pas se laisser lier à quiconque et à mener une vie virevoltante en société. Alceste, tout en la trouvant bien légère, l'aime et essaie tout au long de la pièce d'avoir une conversation sérieuse avec elle, tandis qu'un certain nombre de fâcheux l'en empêchent. Finalement Alceste se lance :

*Madame voulez-vous que je vous parle net ?*
*De vos façons d'agir je suis mal satisfait ;*
*Contre elles dans mon cœur trop de bile s'assemble*
*Et je sens qu'il faudra que nous rompions ensemble.*

(acte II, scène 1)

Après avoir essayé de la mettre à l'épreuve, Alceste lasse Célimène par ses exigences et préfère abandonner le combat.

*Représentation du* Misanthrope *au XVIIe siècle*

La jeune femme n'a que vingt ans mais elle est déjà très mûre et comprend parfaitement les situations. Alceste est jaloux, tout en étant conscient de ses exagérations et de ce qui pourrait obscurcir sa vue. Il s'agit de deux êtres qui se connaissent, se respectent et se disent les choses sans jamais franchir une limite dans la dureté. Ils ne s'humilient pas, font preuve d'urbanité, de grâce, de pudeur dans leurs rapports. On pourrait déjà être dans une comédie de Marivaux au XVIIIe siècle.

Au cours de la pièce, Célimène joue à s'échapper d'Alceste. Elle goûte l'assemblée de bonimenteurs qui la font briller ; mais en même temps elle aime l'admiration et l'amour de la part de cet homme exceptionnel qu'est Alceste, dont l'exigence est aussi pour elle une flatterie. Elle voudrait maintenir cet équilibre car elle sait que, s'il s'en allait, son existence perdrait un élément qui en fait tout le charme. Et lorsque Alceste la pousse à bout, elle finit par avouer pourquoi elle tient à lui aussi désespérément : la solitude effraie une jeune femme de vingt ans. Tout est dit. Célimène avoue cruellement à Alceste ce qu'il devinait ; il comprend qu'il ne pourra jamais véritablement satisfaire celle qu'il aime. On imagine bien une telle réplique dans la bouche d'Armande face à Molière.

ALCESTE

*Eh ! s'il faut qu'à mes feux votre flamme réponde,*
*Que vous doit importer tout le reste du monde ?*
*Vos désirs, avec moi, ne sont-ils pas contents ?*

CÉLIMÈNE

*La solitude effraye une âme de vingt ans;*
*Je ne sens point la mienne assez grande, assez forte,*
*Pour me résoudre à prendre un dessein de la sorte.*
*Si le don de ma main peut contenter vos vœux,*
*Je pourrai me résoudre à serrer de tels nœuds:*
*Et l'hymen…*

ALCESTE

*Non, mon cœur, à présent, vous déteste,*
*Et ce refus, lui seul, fait plus que tout le reste:*
*Puisque vous n'êtes point en des liens si doux,*
*Pour trouver tout en moi, comme moi tout en vous,*
*Allez, je vous refuse, et ce sensible outrage,*
*De vos indignes fers, pour jamais me dégage.*

(acte V, scène 4)

Molière, finalement, illustre une vérité humaine: un homme n'est jamais tout à fait ceci ou tout à fait cela. Il défend une cause juste et noble: la sincérité, mais il est fou et ses excès le rendent grotesque. Son ami Philinte a du bon sens, mais il est lâche, il n'a pas la force de s'imposer les conventions et les faux-semblants de la société. Célimène à première vue est légère, frivole, mais elle a l'intelligence de ne pas épouser Alceste. Molière certainement s'est en partie dépeint dans le personnage d'Alceste, mais avec ce mélange de sérieux et d'humour, de grandeur et de ridicule qui fait l'essence même de son comique, et qui est la preuve de sa générosité.

Les dialogues entre Alceste et Philinte ressemblent au monologue intérieur que pourrait tenir Molière. Philinte se déclare en faveur de la dissimulation de ses propres pensées en société, tandis qu'Alceste exige une sincérité totale. Cette dernière attitude est impossible à maintenir et, à la fin de la pièce, Alceste abandonnera la société pour aller vivre dans un « désert ».

Après avoir donné raison à Philinte, Molière n'écrira plus de pièces engagées. *Le Misanthrope*, créé le 4 juin 1666 et n'obtenant qu'un échec, est la dernière. Son exigence de franchise a probablement dérangé le public, toujours en quête de sujets plus légers. Comme Alceste, Molière se retirera à sa façon, et cessera d'assener des vérités profondes qui ne lui valent que des ennuis et ne semblent pas être comprises du public.

# 15
# Intermède
## *Le Misanthrope*

J'ai mis quarante ans à comprendre comment interpréter *Le Misanthrope*. Peu de temps après la mort de Gérard Philipe, Jean Vilar a beaucoup insisté pour que je joue ce rôle. Refuser Alceste ? J'ai trouvé de très mauvais prétextes, je ne sais plus lesquels. Je me demandais : « Mais qui est cet homme qui passe ainsi brusquement de la passion la plus pure au burlesque ? » Je ne comprenais pas.

Je suis pourtant tenace, je considère qu'un comédien doit se confronter à un rôle, apprendre à le jouer, comme Van Gogh recommandait l'étude et l'art du dessin. Dessiner, disait-il, c'est se trouver devant une porte de bronze, et l'ouvrir avec une lime à ongles. Malgré mes efforts, je n'ai pas pu ouvrir la porte « Alceste ».

Pour jouer, il me paraît nécessaire de se ménager une recherche d'équilibre, de savoir où se trouve le fléau de la balance. Je dois à Molière l'honnêteté de ne pas gauchir sa pensée pour ne pas faire tort au spectateur qui le reçoit. Ce choix suppose de déceler les secrets de son écriture, afin de s'installer le plus possible à l'intérieur de sa pensée, en tenant compte de ses mots, de sa vie. Je n'ai pas suffisamment saisi les mots du *Misanthrope*.

Encore aujourd'hui je ne sais pas comment faire sentir à quel point on peut, comme Alceste, être à la fois intelligent, et bête la seconde d'après. Cette pièce au fond ne m'a jamais tenté, parce qu'elle me semble un peu inutile. Elle essaie de traiter profondément la grande question de la franchise dans les rapports humains, de la sincérité envers soi-même, de la capacité d'aveuglement que recèle l'amour, mais elle échoue pour finir sur la faiblesse et le désarroi. J'aurais pu avoir envie de montrer que c'est la pièce de Molière la plus gravement pessimiste. Mais l'auteur se fige un peu dans sa façon de voir le monde, dans son refus de l'éclat que possède aussi la vie.

*Michel Piccoli et Danièle Lebrun dans* Le Misanthrope, *1969*

Le fond de cette comédie reste terrible. À travers Alceste, Molière se donne à lui-même une rouste phénoménale. Il se ridiculise, se regarde dans les moindres soubresauts de sa conscience qu'il rend publics, il s'autoanalyse d'une manière effrayante. C'est une pièce à part dans son œuvre, qui lui donne tort. Il y tient, d'ailleurs.

Chaque pièce de Molière est un règlement de compte avec lui-même. Les vices qu'il peint, ce n'est pas seulement pour les avoir observés dans le monde, mais pour les avoir aussi éprouvés en lui-même. Dans *Le Misanthrope*, tout en s'en prenant à ceux qui ont la manie de la vérité, il reste conscient de ce que cette attitude peut avoir de caricatural en société. Pourtant, lui-même charge son propre théâtre d'un désir de sincérité absolue : mettre à nu ses propres défauts pour essayer de s'en corriger, parce que Molière est un être de passion et de courage. C'est le premier auteur dramatique, je pense, qui se soit choisi lui-même pour sujet, dans toute sa trivialité, comme un homme aux prises avec ses propres passions. C'est ce qui fait qu'il est si direct, si concret, si peu intellectuel, tellement dans le vif de la chair.

Peut-être l'homme le plus parfaitement honnête qui ait existé.

## 16
## La trahison de Jean Racine

Après l'échec du *Misanthrope*, Molière écrit une nouvelle farce où l'on retrouve le personnage de Sganarelle, *Le Médecin malgré lui*. Suivront rapidement *Mélicerte*, une insipide pastorale, puis *Le Sicilien ou l'Amour peintre*, une comédie-ballet qui aura l'honneur d'accueillir Louis XIV comme danseur déguisé en Maure. C'est un succès, mais Molière est arrivé à un point où tous ces travaux faciles et alimentaires lui répugnent. Hélas, il ne peut pas s'en dispenser puisqu'ils lui valent la protection du roi sans laquelle il ne pourrait faire face aux attaques virulentes dont il est l'objet de la part de ceux qui sont jaloux de sa proximité avec le monarque et des faveurs du public dans son théâtre du Palais-Royal. Molière, tout en appréciant ce succès, n'en est pas moins déçu par le goût du public et celui du roi qui aime les spectacles légers, les petites œuvres sans consistance.

Il est épuisé. Ses activités d'auteur, de metteur en scène, de directeur de troupe, d'acteur, d'administrateur de théâtre et d'ordonnateur des spectacles du roi ne lui laissent aucun instant de répit. Il faut y ajouter les susceptibilités à ménager au sein de la troupe et surtout les inlassables combats à mener : contre les dévots, contre ses concurrents qui tentent de lui débaucher ses comédiens, à la Cour pour garder la faveur du roi et déjouer les intrigues qui se nouent contre lui, répondre aux pamphlets de plus en plus nombreux qui l'attaquent. Et surtout lutter pour conserver ce qui lui reste de santé.

Une nouvelle trahison lui fera mal, celle de Jean Racine.

Molière l'avait connu en 1662 lorsque le jeune Racine, âgé de vingt-trois ans, était venu lui demander de représenter l'une de ses premières pièces, *La Thébaïde ou les Frères ennemis*. Racine avait rêvé de se voir interprété par les grands comédiens de l'Hôtel de Bourgogne, alors les meilleurs tragédiens, et surtout par le plus célèbre d'entre eux, Floridor. Ce dernier n'avait pas aimé la pièce et demandé au jeune auteur d'en écrire une autre. C'est donc par défaut que Racine s'était tourné vers Molière, qu'il avait rencontré à Versailles au lever du roi. Racine avait été impressionné par les louanges du monarque à l'égard de son protégé, ce qui l'avait encouragé à faire appel à lui, même s'il le savait meilleur dans le registre comique. Molière monta très vite *La Thébaïde* et la représenta douze fois entre le 20 juin et le 18 juillet 1664. Il la reprit au retour de l'été.

En 1665, Racine, qui voit grand, considère le théâtre du Palais-Royal comme un pis-aller. Il propose à Molière une nouvelle pièce, *Le Grand Alexandre*, qui est représentée le 4 décembre. Par ailleurs Racine la lit à haute voix dans les salons à d'illustres hommes et femmes de plume, dont La Rochefoucauld, Madame de Sévigné et Madame de La Fayette, qui sont enthousiasmés.

*Jean Racine, dessin de Claude Le Brun*

Mais le public du théâtre n'accueille pas favorablement la pièce. Racine, désespéré d'une telle catastrophe, considère qu'elle est due au fait qu'il a confié la pièce à une troupe d'acteurs comiques, qui la jouent comme une comédie. Il fait donc très vite répéter son œuvre par les acteurs de l'Hôtel de Bourgogne, et on donne une représentation dans les salons de la comtesse d'Armagnac. Ce soir-là c'est un triomphe et la Cour applaudit *Le Grand Alexandre*. Racine fait immédiatement transférer sa pièce à l'Hôtel de Bourgogne et obtient enfin le grand Floridor dans le rôle d'Alexandre.

Boileau dit de Racine : « Dans sa jeunesse il était inquiet, railleur et jaloux. »

Dévoré d'ambition, il jette donc aux orties son amitié pour Molière, qui l'a soutenu à ses débuts et lui a donné sa chance. Racine lui enlève par surcroît en 1667 l'actrice Marquise Du Parc, que Molière avait recrutée et formée à Lyon, dont il est amoureux et qui sera bientôt sa grande passion. Il écrit *Andromaque* pour elle ; elle est inoubliable dans sa création du rôle. Malheureusement elle meurt en 1668, sans doute des suites d'un avortement mal pratiqué – certains avancent l'hypothèse qu'elle était enceinte de Racine lui-même. Le poète Robinet, relatant son enterrement, évoque la présence de Racine, « à demi trépassé » par le chagrin.

Mais pour l'instant son attitude le brouille définitivement avec Molière. On ne sait pas comment réagit ce dernier, mais on peut supposer que sa déception est immense.

Plus tard, après avoir écrit une comédie, *Les Plaideurs*, farce assez inattendue dans son œuvre, Racine se gorge de son succès, non sans commenter avec perfidie à l'égard de Molière : « Je me sais quelque gré de l'avoir fait sans qu'il m'en ait coûté une seule de ces sales équivoques et de ces malhonnêtes plaisanteries qui coûtent maintenant si peu à la plupart de nos écrivains, et qui font retomber le théâtre dans la turpitude d'où quelques auteurs plus modestes l'avaient retiré. » *Sales équivoques et malhonnêtes plaisanteries* : on voit bien dans quel mépris le tragédien Racine tient le comédien Molière…

Boileau, en revanche, est un soutien constant. Il ne se lasse point d'admirer Molière, qu'il appelle toujours le Contemplateur, considérant que la nature semble lui avoir révélé tous ses secrets, du moins en matière de mœurs et de caractère des hommes. L'auteur satirique a commencé par soutenir inconditionnellement *L'École des femmes*, sans se montrer le moins du monde choqué par les équivoques de la pièce. Malgré des réserves sur le style parfois relâché selon lui, il finit, dans son *Art poétique*, par distinguer entre l'auteur du *Misanthrope*, qu'il exalte, et celui des farces, qu'il aime moins :

*Toi dont le rare esprit et la verve fertile*
*Ignorent en écrivant le travail et la peine,*
*Dans les combats d'esprit savant maître d'escrime,*
*Enseigne-moi, Molière, où tu trouves la rime.*
(Première version de la Satire II)

De Boileau, je retiens aussi cet échange célèbre avec Louis XIV. À la fin de son règne, le roi cherche à en dégager les grandes perspectives et demande à Boileau quel fut le meilleur écrivain de leur temps :

– Sire, c'est Molière.

– Je ne le croyais pas, mais vous vous y connaissez mieux que moi.

Merveilleux Boileau, qui prononce ce jugement alors que Molière est mort depuis longtemps, qui ne l'a pas fait par amitié mais comme un jugement littéraire réfléchi et pesé. La réaction du roi en revanche est décevante : « Je ne le croyais pas », ce qui confirme que Molière était à ses yeux plus un amuseur qu'un écrivain.

*Maison de Molière à Auteuil*

Molière, épuisé, se retire pour quelque temps dans une maison qu'il a louée à Auteuil, où il reçoit ses amis fidèles : La Fontaine, Mignard, Chapelle, Boileau... Ils font des repas somptueux, la cave à vins est abondante. Ses amis essaient de divertir leur hôte dont la santé est si mauvaise qu'il ne peut supporter les vins et les plats en sauce : il ne se nourrit que de laitages. Son visage montre les traces d'un mal que ses amis devinent incurable : la tuberculose ronge ses poumons, réduit son souffle. Il écrit pour ses propres rôles des phrases de plus en plus courtes. Et il inclut même des quintes de toux dans ses textes…

Molière écrit encore et toujours, monte de nouvelles pièces : *Amphitryon*, spectacle de cour, *Georges Dandin*, comédie-ballet écrite avec Lully.

Et puis surgit encore une comédie de mœurs.

## 17
## « Mon pauvre argent, mon cher ami ! »

Le 9 septembre 1668, Molière donne la première de *L'Avare* au théâtre du Palais-Royal. C'est une comédie qui, contrairement aux créations précédentes de l'auteur, ne contient ni danses, ni chants, ni intermèdes, ni machines. Elle comporte cinq actes et s'écarte des règles en vigueur car elle est entièrement en prose. Le public s'étonne. Grimarest cite un spectateur : « Molière est-il fou et nous prend-il pour des benêts de nous faire essuyer cinq actes en prose ? A-t-on jamais vu plus d'extravagance ? Le moyen d'être diverti par de la prose ! »

Cette décision s'explique par le souci de Molière d'aborder le thème de l'argent, peu propice à de virtuoses développements en vers, mais plutôt à la familiarité et l'aridité de la prose.

La pièce est inspirée de *La Marmite* de Plaute. Chez l'auteur latin, Euclion transporte une marmite pleine d'or dans un temple ou dans un bois où il se la fera dérober. Harpagon cache son trésor dans une cassette. *L'Avare* contient des passages comiques, des quiproquos, des tirades, des cris, des grimaces, mais elle est surtout une pièce sérieuse touchant un sujet encore peu traité au théâtre.

Molière a souffert de problèmes d'argent à ses débuts au temps de l'Illustre-Théâtre, il connut même la prison pour dettes. Au moment où il écrit *L'Avare*, il est animé de la peur des salles vides. Molière veut dénoncer, à travers l'histoire d'Harpagon, la place immorale de l'argent dans la société et dans la vie, son omniprésence, son pouvoir de tout régir, d'établir des rapports de force, tandis que les valeurs plus nobles, la religion ou l'honneur, sont mises en avant avec ostentation comme des paravents. Il vitupère de nouveau l'hypocrisie de la société. L'argent n'est pas nouveau dans son théâtre : Sganarelle n'est pas payé de ses gages ; Dom Juan, dans un geste de défi, n'honore pas ses dettes ; Tartuffe cherche à dépouiller Orgon et sa famille de tous leurs biens.

Dans *L'Avare*, l'argent est un facteur qui divise la famille. Harpagon l'aime par-dessus tout, plus que ses propres enfants, Cléante et Élise, dont même les mariages doivent être source d'enrichissement ou, à défaut, d'économies. Leur bonheur personnel n'entre pas en ligne de compte ; Harpagon assoit son pouvoir sur eux car, sans sa bénédiction et son argent, ils ne peuvent exister en société ni construire leur avenir.

*Charles Dullin dans le rôle d'Harpagon*

On a souvent dit qu'Harpagon est une image du père de Molière, Jean Poquelin, mais cette hypothèse est fausse puisque le rapport d'argent entre père et fils a été transparent, clair et juste. On a dit aussi que Molière a esquissé son autoportrait et peint ses rapports avec Armande – ce qui, là encore, est loin de la réalité puisque justement, s'il travaille autant, s'il est si créatif et actif dans la gestion de la troupe, c'est pour maintenir un niveau de vie confortable à son ménage. D'ailleurs, à sa mort, il laissera à Armande une situation financière plus que prospère.

Harpagon n'est pas un père. Ce personnage qu'on vient voir pour ses bouffonneries n'est pas un personnage très franchement comique. Il est malade, monomaniaque, vieux, triste. La seule chose au monde qui l'intéresse, c'est son argent et la cassette qui le contient : passion passive qui a probablement ennuyé les spectateurs. Le public de Molière l'aime dans la farce et, chaque fois qu'il s'en écarte, les spectateurs boudent les représentations. Molière tente de poursuivre sa carrière de moraliste, il pense réaliser une œuvre, mais son public ne recherche que le divertissement. Il est probable aussi qu'il n'a pas aimé le spectacle de la désunion d'une famille, ni la remise en cause de la sacro-sainte autorité paternelle. La société est structurée par le pouvoir du roi, pouvoir représenté dans la société par celui du père de famille. Y attenter expose à de vives réactions.

La pièce, un échec, s'interrompt au bout d'un mois, après seulement huit représentations. Les quelques comptes rendus sont pourtant élogieux : une pièce « prodigue en gais incidents », parfaitement jouée par une « troupe excellente ». Au total Molière ne jouera *L'Avare* que cinquante fois.

# 18
# Intermède
## *L'Avare*

Pourtant, à ce jour, *L'Avare* est la pièce de Molière qui a été le plus représentée : près de 2500 fois depuis sa création, loin devant *Le Misanthrope*, 2260, et *Le Bourgeois gentilhomme*, 1430. Indémodable *Avare* avec ses multiples visages – selon Roger Planchon qui y voyait « un étonnant mariage de rires et de larmes » – entre farce, tragédie familiale, histoire d'amour et conte de fées. Une pièce ouverte à toutes les interprétations, comme le soulignait déjà Louis Jouvet : « Harpagon est un personnage multipliable à l'infini. »

*

Le principal péril quand on joue Molière est de croire que tout va de soi. Une situation écrite par Molière est très difficile à assumer dans la vérité de ce qu'elle doit représenter.

On peut passer sa vie à apprendre à lire. Mais la vérité d'un auteur est très souvent dans le silence ou dans le mensonge, ses secrets parfois lui ont échappé à lui-même. Il faut les débusquer, lire une pièce des centaines de fois, de préférence à haute voix, pour deviner la nature de son secret. À l'instar de la peinture, c'est un métier très solitaire, même si, au final, on se produit en public. Mais l'essentiel du travail est caché.

L'acteur doit être comme un enfant devant le chef-d'œuvre. Mon métier, c'est ça : être enfant. J'ai beaucoup de mal à atteindre cette innocence, c'est un entraînement de tous les jours.

*

Si je lis *L'Avare*, je ne sais pas d'emblée qui est Harpagon. D'abord, je me dis que c'est un vieillard qui aime une jeune fille : il est grotesque, baroque. Baroque, voilà déjà quelque chose d'important. À ce stade, je me fixe sur lui, très studieusement. Je me demande pourquoi Molière écrit comme il écrit, pourquoi, dans cette pièce, il adopte une construction qui semble si maladroite.

Si je creuse, cette construction m'apparaîtra au contraire comme le comble du raffinement, une véritable merveille d'écriture : les trois premiers actes sont des actes d'exposition. On arrive à une heure et demie de spectacle rien qu'avec l'exposition ! Au quatrième acte, c'est un maelström : la dramaturgie de la pièce se met en route. Ce n'est que dans les deux derniers actes que l'action et ses funestes conséquences prennent le dessus. Ce que dit Harpagon (et il tient des propos vraiment insensés) compte moins que ce qui lui arrive. Tout à coup, on est dans la noirceur, dans la malédiction, dans le tragique. Puis, miraculeusement, tout finit dans le merveilleux et dans le pardon. Comme un sourire après ce cauchemar.

*Michel Bouquet dans* L'Avare, *1989*

Le personnage principal de *L'Avare*, ce n'est pas Harpagon. C'est l'argent. On le retrouve souvent chez Molière où il n'est question que d'usure, de procès, de dots, de fils en butte à la ladrerie des pères...

Harpagon n'est pas un homme animé par des ressorts psychologiques, mais un homme obsédé. Il aime l'argent comme s'il avait contracté une maladie, dans la même fatalité.

Pour un avare, tout est attente. À partir du moment où on s'en aperçoit, on commence à savoir comment jouer la pièce. Si on actionne la pièce avant le bon moment, on la tue : c'est pour cela que le métier de comédien est un métier de responsabilité.

*

J'ai joué pour la première fois dans *L'Avare* en 1954, et j'interprète Harpagon depuis 1989. Ce rôle a encore des secrets pour moi. Si le monde bouge, les pièces des grands auteurs bougent avec le monde. La pièce n'est plus la même qu'il y a trente ans parce que le monde a changé.

Avant, ce sont les drôleries d'Harpagon qui faisaient rire la salle. Aujourd'hui, l'argent tient un tel rôle à notre époque qui le glorifie et accepte tout en son nom, que la préoccupation d'Harpagon est devenue celle des spectateurs. La pièce montre ce que l'argent fait de nous, à quel point il manipule les intentions des personnages. En ce sens, la pièce est très moderne. De la même manière que chez Pinter et Beckett l'individu est toujours accablé par une fatalité, l'argent dans *L'Avare* gouverne les actions des hommes. Il les rend cruels, terribles, idiots. Tous les personnages sont accaparés par lui, ils tournent autour de lui comme dans un manège. Et pas seulement Harpagon qui est finalement le plus à l'aise sur cette question.

L'argent, on le sait, est le moteur des agissements des hommes depuis des siècles, avec plus ou moins de bonheur, de malheur. Molière constate cette emprise en se gardant de juger, ce qui donne une dimension particulière à cette pièce, du coup extrêmement moderne.

Cela me rappelle le mot de Guitry à qui on demandait :

– Quoi de neuf ?

– Molière !

*

J'ai beaucoup aimé la mise en scène de Georges Werler dans laquelle j'ai joué en 2007. Sous le décor majestueux, on devinait le délabrement, l'humidité qui rongeait les peintures. Mon costume reflétait l'âme du rôle. Harpagon portait un costume d'insecte, à la fois grotesque et inquiétant. Il était drôle, ce costume, notamment le bonnet : une sorte de Nosferatu. Harpagon paraissait nuisible, merveilleux et industrieux. Frosine, elle, se présentait comme une pauvresse émigrée, vivant d'expédients. Ce sont des personnages d'aujourd'hui.

*

Harpagon est à la fois monstrueux et séduisant. Sa passion est telle qu'elle le sacralise. Ce n'est pas un petit escroc, mais un grand scélérat. Il donne à la pièce de la hauteur, la sort de son cadre domestique pour l'élever à la farce tragique.

*

Dans ma jeunesse, j'ai vu Charles Dullin au théâtre de l'Atelier : son interprétation a laissé des traces. Harpagon fut son dernier rôle en 1949. Élise Jouhandeau l'avait décrit au début de sa carrière comme une sorte d'« obsédé tragique, jouant de son corps comme un martyr sous le fouet du bourreau ».

Dullin avait fait d'Harpagon un personnage en proie à un désespoir qui dépassait la perte de sa cassette. Les commentateurs de l'époque ont décrit : un « sorcier ensorcelé », une « silhouette cassée et trépidante, poitrine rentrée, mâchoire de belette, hagard, la voix brisée et les mèches grises en désordre ». Comment l'oublier ?

*

*L'Avare* est la pièce de Molière la plus dure, la plus méchante. C'est aussi l'une des proses les plus efficaces qu'on trouve dans le répertoire théâtral. Elle est imprégnée d'une amertume que je n'avais fait qu'entrevoir, d'une sécheresse qui marque les caractères et les passions, et qui brûle les âmes sans les attendrir. Même la jeunesse (que Molière exalte toujours) en est atteinte, comme si tout était abîmé, corrompu par un vent mauvais. Harpagon est un tyran, un père dont les enfants souhaitent la mort !

D'emblée, dès les scènes d'exposition, le portrait que font de lui Valère et Élise révèle quelque chose de violent, de fatal. Il n'est pas là mais on le craint déjà, on tremble, on croit l'entendre marcher dans la maison. C'est Staline ! Comment le rendre vivant, ce monstre ?

*

Harpagon est un monstre, en effet, que la vie transforme en victime. Là, il devient humain, comique. Il est tour à tour naïf, cynique, inquiet, furieux, perfide, enfantin, farceur. Justement, tant de diversité, de contradictions le rendent vivant. Dès qu'on croit tenir un fil psychologique, il est aussitôt contredit par l'humeur suivante du personnage.

Comme toujours, j'ai construit plusieurs versions. Je suis parti de l'homme d'affaires, puis j'ai renoncé, ce n'était pas juste. Ce cerveau affolé par l'argent n'est pas très doué pour les affaires ! J'ai donc cherché une pente plus primitive, plus cocasse, plus moyenâgeuse. On croit cerner un texte. Mais non, c'est un homme qui s'avance vers vous, qui agit et qui vous parle.

Quand on joue Molière, il n'y a rien à inventer : il suffit de suivre la ligne de l'action, violente et incompréhensible, qui procure une sorte de jouissance. On oscille entre le réalisme et le mystère. Insensiblement on est entraîné aux lisières du fantastique et de l'absurde.

*

Pourquoi Molière est-il le plus grand ? Parce qu'il s'ignore comme écrivain, parce qu'il n'a pas de vision du monde à faire partager. Mais il a une vision de l'homme ! Il est l'intelligence pure, en étant le contraire d'un intellectuel. Pourquoi écrit-il si vite *L'Avare*, en quelques semaines ? Parce que les recettes baissent, pardi ! Il lui faut renflouer son théâtre dont la trésorerie a été mise à mal par l'insuccès du *Misanthrope*. Le public veut des grimaces. Molière comédien est doué en ce domaine, même s'il préférerait jouer *La Mort de Pompée*, avec des lauriers sur la tête. Une farce donc. Hélas ! Le public boude : il veut rire, or la pièce est effrayante. Pourtant, on l'a vu, c'est celle qui a été le plus jouée depuis sa mort.

*

Molière s'y moque de lui-même et de tous les barbons. Au-delà, il esquisse un portrait de la France, et de ce vice ancestral et barbare qui nous gâte les meilleures choses de ce pays : l'ivresse de posséder.

*

*L'Avare* est d'un modernisme stupéfiant, la première œuvre au monde dans laquelle le héros s'adresse directement au public, le soupçonnant de lui avoir dérobé sa cassette : « Que de gens assemblés ! Je ne jette mes regards sur personne qui ne me donne des soupçons, et tout me semble mon voleur. Eh ! de quoi on parle là ? De celui qui m'a dérobé ? Quel bruit fait-on là-haut ? Est-ce mon voleur qui y est ? »

*

*L'Avare* est avant tout une comédie qui fait rire les spectateurs et qui les délivre. C'est une pièce de fin de la vie où les quiproquos tournent à la folie totale. On penserait presque à du Woody Allen !

*

Quelle est la clé du rôle ? Harpagon est un homme que sa passion isole. Il est coupé du monde, enfermé à l'intérieur de son système. Sous cet angle il est touchant. L'avare est tout entier dans le cinquième acte. L'aboutissement de la pièce dénie complètement ce que montraient les quatre actes précédents : il apporte une dimension de rachat. Le personnage se contredit lui-même, devient autre. Molière le sauve.

Dans une sorte d'amour mystique de l'argent, il est comme un bébé devant un louis d'or. Quelque chose de pur dans cet amour impose un respect que les autres ne lui accordent pas. Je ne peux pas penser à lui sans trembler, me mettre à ses genoux. Je l'aime profondément.

# 19
# L'énigme Baron

Grimarest raconte qu'en février 1666, Molière recueillit chez lui Michel Baron, fils de comédiens qui avaient fait carrière à l'Hôtel de Bourgogne. Ses parents étaient morts quand il avait moins de dix ans, et ses tuteurs, souhaitant l'éloigner de leur maison, l'avaient confié à la troupe d'une aventurière, la Raisin, dite Troupe des petits comédiens du Dauphin. La Raisin, manquant d'argent, avait loué son théâtre à Molière, qui avait donc vu jouer le jeune Baron, âgé de douze ans, devant un public conquis par son talent.

Molière garda le petit à souper et le fit même « coucher chez lui pour avoir plus le temps de connaître ses sentiments par la conversation ». Durant l'après-midi il fit venir un tailleur pour prendre les mesures du garçon à qui le lendemain, un équipage complet fut offert ainsi que « six louis d'or, avec ordre de les dépenser pour ses plaisirs ». Molière lui demanda ce qu'il souhaitait le plus, et l'enfant répondit :

« D'être avec vous le reste de mes jours pour vous marquer ma vive reconnaissance de toutes les bontés que vous avez pour moi. – Eh bien, lui dit Molière, c'est une chose faite. Le roi vient de m'accorder un ordre pour vous ôter de la troupe où vous êtes. » En effet, le matin même, Molière, qui s'était levé à 4 heures, était allé jusqu'à Saint-Germain-en-Laye supplier Sa Majesté de lui accorder cette grâce et l'ordre avait été expédié sur-le-champ.

La présence de l'enfant troubla le ménage du comédien et ne fit pas plaisir à Armande : « Le bien que Molière faisait à Baron déplaisait à sa femme. Sans se mettre en peine de répondre à l'amitié qu'elle voulait exiger de son mari, elle ne pouvait souffrir qu'il eût de la bonté pour cet enfant qui, de son côté, à treize ans, n'avait pas toute la prudence nécessaire pour se gouverner avec une femme pour qui il devait avoir des égards. Il se voyait aimé du mari ; nécessaire même à ses spectacles, caressé de toute la cour, il s'embarrassait fort peu de plaire ou non à la Molière. Elle ne le négligeait pas moins. Elle s'échappa même un jour de lui donner un soufflet sur un sujet assez léger. » Furieux, le jeune garçon s'en alla aussitôt retrouver la Raisin.

« Est-il possible, dit Molière à sa femme, que vous ayez eu l'imprudence de frapper un enfant aussi sensible que vous connaissez celui-là ? Et encore, dans un temps où il est chargé d'un rôle de six cents vers dans la pièce que nous devons représenter incessamment devant le roi ? »

Baron était très beau, digne de jouer les amours, dit la *Gazette*, on comprend les inquiétudes d'Armande.

En 1670, Baron revient dans la troupe. Il va avoir dix-sept ans et Molière utilise de nouveau un ordre du roi, grâce à une lettre de cachet, pour le transfert de la troupe de campagne dont il fait partie.

Sur cette époque, il existe une anecdote, toujours rapportée par Grimarest, racontant un souper à Auteuil chez Molière qui reçoit des amis, notoirement homosexuels, dont Chapelle et Lully. Molière, fatigué et malade, se retire dans sa chambre mais les invités lui demandent au moins de leur laisser Baron. Molière refuse d'abord mais Lully insiste : « La fête ne serait pas bonne sans lui. » Molière cède. « Il prit son lait devant eux et s'en alla coucher. » La soirée se passe en discussions philosophiques de plus en plus mélancoliques, au terme desquelles les invités décident de quitter la vie et de « mourir bons amis sans plus attendre ». Ils se dirigent vers la rivière. Baron donne l'alerte et ils sont sauvés par des domestiques. Dans sa biographie de Molière, Roger Duchêne commente : « Grimarest ne trouve pas malice à la présence d'un jeune garçon aux beuveries de quelques hommes qui se déclarent ennemis des femmes. Il vante, sans rire, la bonne éducation que Molière a dispensée à Baron… »

Une intéressante pièce contemporaine, *Le Banquet d'Auteuil*, de Jean-Marie Besset, retrace cette folle soirée, qui fait de Molière un libertin bisexuel, ayant connu deux amours dans sa vie : Armande et Baron.

La thèse est-elle crédible ? Nous pouvons laisser le mot de la fin à Roger Duchêne : « Que [Molière] ait eu des tendances ou même des pratiques homosexuelles, pourquoi pas ? Qu'elles se soient exercées à l'occasion avec un jeune garçon qu'il aurait élevé, cela arrive. [...] Au XVIIe siècle, pour quelqu'un que son rang dans la société ne protégeait pas, c'était un crime passible du feu. Molière était-il prêt à prendre un tel risque, si incapable de réprimer ses éventuels instincts ? Ses ennemis lui prêtent un mariage incestueux. Le voilà sodomite avec un mineur ! C'est possible, mais c'est beaucoup. [...] On ne peut faire confiance au naïf Grimarest. On ne peut faire confiance au venimeux auteur de *La Fameuse Comédienne*. On ne peut les croire sur les mœurs de Molière après avoir tant de fois constaté leurs erreurs ou leurs mensonges sur d'autres points. On devine, à la façon dont Molière a recruté Baron, qu'il tenait à avoir

*Michel Baron dans le rôle de Cinna*

ce comédien dans sa troupe. Pourquoi pas simplement parce qu'il savait que c'était, que ce serait un excellent acteur ? »

En effet, par la suite, Baron devint l'un des plus fameux tragédiens du XVIIe siècle, tout en excellant aussi dans les comédies (dont il écrivit une dizaine). Acteur et auteur, il fut fidèle au chemin que lui avait tracé son maître Molière.

## 20
## Le conflit des deux Baptiste

Après la réhabilitation du *Tartuffe* en février 1669, Molière pense pouvoir respirer. Mais ses ennemis veillent toujours. Les dévots répondent par une lettre satirique qui minimise le succès de la pièce. L'année suivante paraîtra *L'Élomire hypocondre* (Élomire : anagramme de Molière), de Boulanger de Chalusset, qui répandra énormément de faussetés sur Molière, dont malheureusement un certain nombre seront retenues dans les biographies peu sérieuses et propagées dans les mémoires. Mais Molière connaît une ascension continue et redouble de créations.

Peu de temps après le triomphe du *Tartuffe*, meurt Jean Poquelin, le 27 février 1669. Molière avait beaucoup de respect, de tendresse et d'attachement pour son géniteur. Le fait que le fils ait prêté au père 10 000 livres pour lui permettre de rénover sa maison montre le climat de confiance existant entre les deux hommes. Poquelin fils n'oublie pas l'ouverture d'esprit, la tolérance et les encouragements de celui qui dut affronter le déshonneur d'avoir un fils comédien.

Trois ans après, en février 1672, disparaît la grande amie de Molière, Madeleine Béjart, ancienne amante, sœur de sa femme Armande, compagne de toutes les aventures, de tous les risques, de tous les dangers. De tous les succès aussi. Sans elle il est probable que Molière n'aurait jamais même songé à la carrière de comédien. Pour pouvoir être enterrée dans un cimetière catholique, elle doit, avant de recevoir les derniers sacrements, signer un document : « Je soussignée promets de renoncer et renonce dès à présent à la profession de comédienne. »

Mais bientôt surgit un conflit qui fait un tort considérable à Molière et le laisse dans un état de très grand découragement : la brutale trahison de Jean-Baptiste Lully.

Fils de meuniers florentins, Lully arrive à Paris âgé de quatorze ans. Rattaché à la maison de la Grande Mademoiselle, assez vite il tente sa chance à la Cour. Actif, entreprenant, ambitieux, sans scrupule, Lully, violoniste, chanteur, est aussi, selon la meilleure tradition de la *commedia dell'arte,* comédien accompli, danseur, mime, jongleur, sauteur, acrobate, bonimenteur, sachant jouer de tout son corps. À vingt et un ans, il est nommé compositeur de la musique instrumentale de la Cour. Il a six ans de plus que le roi qui le considère comme un compagnon de jeu et, à partir de cet instant, conçoit pour lui une grande amitié. Lully aura toujours un ascendant sur le monarque et saura exploiter habilement son prestige, se rendre indispensable grâce à ses ballets et à ses compositions musicales. En 1661, à l'âge de trente et un ans, il est naturalisé et nommé surintendant de la musique du roi.

Molière et Lully se sont très vite appréciés et ont compris qu'une étroite alliance de leur talent leur permettrait de concevoir des spectacles brillants en travaillant pour le plaisir du « plus grand roi du monde ». En 1661, ils collaborent aux *Fâcheux* de Vaux-le-Vicomte, qui marquent une date dans l'histoire du théâtre puisque c'est la création de la comédie-ballet. Molière se saisit des intermèdes musicaux chantés et dansés pour les coudre au sujet du mieux possible et de ne faire qu'une seule œuvre du ballet et de la comédie. C'est une véritable révolution dans l'art du spectacle. Molière prouve la possibilité d'un art complet où la poésie se pare des charmes de la musique, du prestige du chant, du plaisir de la danse, de la richesse des décors et des costumes éclatants. Mais dans la pensée de Molière, le texte demeure l'élément essentiel de l'œuvre, les agréments lui restant subordonnés. Voilà en germe le futur conflit avec Lully qui, bien entendu, pense le contraire.

D'autres collaborations suivent *Les Fâcheux*, qui remportent un gros succès : *La Princesse d'Élide*, *L'Amour médecin*, *Le Sicilien ou l'Amour peintre*, *Georges Dandin*. En 1669, à Chambord, est créé *Monsieur de Pourceaugnac*, une comédie-ballet où Lully fait beaucoup rire le roi par ses excentricités, imposant un rythme endiablé et franchissant la rampe pour tomber sur le clavecin qu'il défonce. Puis ce sont *Les Amants magnifiques* à Saint-Germain-en-Laye en 1670. En août de la même année est créé *Le Bourgeois gentilhomme*, apogée de la collaboration des deux Baptiste, avec la grande et jubilatoire cérémonie turque, haut moment de brio burlesque.

*Jean-Baptiste Lully*

Il est intéressant de raconter ici la réception de cette pièce par le roi et la Cour. Les choses sont très mal parties selon Grimarest. « Le roi n'en dit pas un mot à son souper et tous les courtisans mettaient la pièce en morceaux. » Molière, très déçu, reste enfermé dans sa chambre, envoyant le comédien Baron se renseigner, lequel ne lui rapporte que de mauvaises nouvelles. Quelques jours plus tard a lieu la seconde représentation. Le roi sort de son silence pour déclarer publiquement à Molière : « Je ne vous ai point parlé de votre pièce à la première représentation, parce que j'ai appréhendé d'être séduit par la manière dont elle avait été représentée, mais en vérité, Molière, vous n'avez encore rien fait qui m'ait plus diverti, et votre pièce est excellente. » Le retournement des courtisans est spectaculaire : ceux qui, la veille, ont laminé la pièce se mettent à l'encenser et les éloges pleuvent. D'une phrase, Louis XIV a retourné l'opinion de la Cour et assuré le succès de la comédie.

La dernière collaboration de Molière et de Lully est *Psyché*, en 1671, dans la salle des Machines des Tuileries. Molière, si pressé par le temps, doit faire appel à Pierre Corneille et à Philippe Quinault pour achever sa pièce dont la partie lyrique est prépondérante. Le dernier acte de *Psyché* ressemble véritablement à un moment d'opéra.

Lully sait ce qu'il veut, il est ambitieux, et seule la première place l'intéresse. Il ne veut plus être le collaborateur de Molière, mais plutôt seul maître de ce que deviendra la scène lyrique en France. Les relations restent pour l'instant bonnes entre les deux hommes. Lully est riche, il a bénéficié des largesses du roi. Pour se faire construire une somptueuse demeure à Paris, il se permet même d'emprunter 11 000 livres à Molière, ce qui renseigne sur la confiance entre les deux hommes.

C'est alors que survient la crise. Le roi avait accordé à un poète obscur, Perrin, un privilège pour l'exploitation du premier opéra français. Mais Perrin se trouve en prison pour dette. Molière a l'idée de racheter ce privilège, s'en ouvre à Lully et ils décident de collaborer. Un rendez-vous est pris chez le roi pour lui demander ce privilège conjoint. Mais, selon un témoin, Lully, « plus éveillé » que Molière, « partit de la main deux jours plus tôt » et alla seul solliciter le roi. Lully est homme à jeter un ami par-dessus bord pour demeurer le seul maître du navire. Après dix ans d'une collaboration couronnée de succès, il aurait été naturel que le nouveau privilège soit accordé conjointement aux deux artistes. Or Lully possède un tel ascendant sur le roi qu'il peut se permettre de le menacer de partir du jour au lendemain. Affolé, Louis XIV, tout Roi-Soleil qu'il est, accorde ce qu'il veut à Lully. Le musicien a réussi à se rendre indispensable et irremplaçable. Il a gagné la partie auprès du roi contre Molière.

Peut-être le plus grave est-il que dans ce privilège, « défense est faite à tous autres de faire chanter aucune pièce entière en musique, soit en vers français ou autres langues sans la permission par écrit dudit sieur Lully ». En somme, le compositeur obtient un monopole d'exploitation théâtrale de l'opéra, mais aussi une exclusivité de composition. C'est la condamnation à mort des comédies-ballets de Molière. Ce dernier contre-attaque et le roi lui accorde la permission d'employer six chanteurs et douze instrumentistes, maigre consolation qui ne lui suffit plus pour représenter dignement ses comédies-ballets.

La rupture est donc consommée entre les deux Baptiste. Molière doit se contenter de jouer la comédie pour les bourgeois et le petit peuple ; Lully assure seul pour la Cour les spectacles brillants dont le roi est si friand.

Louis XIV a définitivement abandonné Molière, montrant par là qu'il juge la musique et l'art de Lully plus hauts et plus nobles que le talent de son « amuseur ». Molière ressent très cruellement cet affront immérité qui ne fait qu'aggraver son découragement et son état de santé.

# 21
# Un malade pas si imaginaire

Les derniers moments de la vie de Molière approchent. Les déconvenues et la perte d'amis chers sont toutefois atténuées par un dernier rayon de soleil : Armande, sensible aux élans de son mari, aux conseils des amis, cédant peut-être à un mouvement de pitié tardif ou impressionnée par son mauvais état de santé, Armande, donc, reprend la vie commune avec lui. Naîtra quelques mois plus tard Pierre-Jean-Baptiste-Armand, le 1er octobre 1672, qui ne vivra pas plus de dix jours.

Molière accepte cette dernière illusion d'amour. Il fait mine de croire aussi à sa guérison prochaine et entreprend *Le Malade imaginaire*. Il a abandonné ses laitages, se nourrit désormais de viande, boit du vin vieux. Un tel régime favorise la progression de son mal, qui prend des proportions inquiétantes. Mais Molière reste encore plein d'ambition, de désir, d'idées, en dépit de la dégradation de son corps. Il aime la vie malgré les chagrins, tracas, difficultés, tristesses, déceptions, trahisons qu'elle lui a infligés. Élégance suprême : de son mal, de ses quintes de toux, de ses difficultés à respirer, il va faire une comédie, l'une des plus drôles de son répertoire. Rire de la souffrance de son propre corps, n'est-ce pas un défi qui ressemble à celui de Dom Juan face à la statue de pierre ?

*Le Malade imaginaire* est le portrait d'un homme qui se croit malade, qui se soigne avec délectation, qui trouve du plaisir dans les remèdes et dans la fréquentation des médecins. Argan est tellement heureux en leur compagnie et jouit tellement de leur conversation qu'il décide d'imposer à sa fille Angélique le mariage avec le neveu de son médecin, Thomas Diafoirus. On retrouve le type du père choisissant un époux à sa fille pour ses convenances personnelles, pour son intérêt et non pour celui de la mariée. Argan témoigne du même égoïsme qu'Harpagon ou Orgon.

Le Malade imaginaire, *gravure d'Honoré Daumier*

Ce qui me bouleverse, c'est que sur scène, dans la réalité, l'homme qu'est Molière est tourné en ridicule. Le personnage que le public voit comme un malade imaginaire est en réalité un être qui va mourir pour de bon et qui en est conscient. Ses plaintes font rire le public qui les attribue au jeu de l'acteur. Souffle court, quintes de toux, voix défaillante, crachats. Ses amis et Armande ont essayé de l'empêcher de jouer ce rôle si fatigant, car Argan est en scène pendant la quasi-totalité des trois actes de la pièce. Molière, inflexible, veut aller jusqu'à l'extrême limite de ses forces, jouer toujours. Il sait de surcroît que le roi Louis XIV, qui se détache peu à peu de lui, a horreur des malades. Il n'est donc pas question pour lui d'exhiber sa déchéance. La pièce, donnée au Palais-Royal, est un grand succès. Dans l'après-midi du 17 février, à la quatrième représentation, l'état de Molière soudain s'aggrave. Il fait appeler Armande et Baron, qui tentent de cacher leur inquiétude, mais ils sont effarés de l'aspect déjà cadavérique du malade. Devant ces deux êtres jeunes qu'il aime, Molière est au désespoir.

Je laisse maintenant Grimarest relater la mort de Molière, un récit lu chaque année, le 17 février, par les comédiens du Français pour commémorer la disparition de leur fondateur et plus illustre confrère :

« Le jour que l'on devait donner la troisième représentation du *Malade imaginaire*, Molière se trouva tourmenté de sa fluxion beaucoup plus qu'à l'ordinaire, ce qui l'engagea de faire appeler sa femme, à qui il dit, en présence de Baron : "Tant que ma vie a été mêlée également de douleur et de plaisir, je me suis cru heureux ; mais aujourd'hui que je suis accablé de peines sans pouvoir compter sur aucun moment de satisfaction et de douceur, je vois bien qu'il me faut quitter la partie : je ne puis plus tenir contre les douleurs et les déplaisirs, qui ne me donnent pas un moment de relâche. Mais, ajouta-t-il en réfléchissant, qu'un homme souffre avant de mourir ! Cependant je sens bien que je finis." La Molière et Baron furent vivement touchés du discours de M. de Molière, auquel ils ne s'attendaient pas, quelque incommodé qu'il fût. Ils le conjurèrent, les larmes aux yeux, de ne point jouer ce jour-là, et de prendre du repos pour se remettre. "Comment voulez-vous que je fasse ? leur dit-il ; il y a cinquante pauvres ouvriers qui n'ont que leur journée pour vivre ; que feront-ils, si l'on ne joue pas ? Je me reprocherais d'avoir négligé de leur donner du pain un seul jour, le pouvant faire absolument." Mais il envoya chercher les comédiens, à qui il dit que se sentant plus incommodé que de coutume, il ne jouerait point ce jour-là s'ils n'étaient prêts à quatre heures précises pour jouer la comédie ; "sans cela, leur dit-il, je ne puis m'y trouver, et vous pourrez rendre l'argent." Les comédiens tinrent les lustres allumés et la toile levée précisément à quatre heures. Molière représenta avec beaucoup de difficulté, et la moitié des spectateurs s'aperçut qu'en prononçant *Juro*, dans la cérémonie du *Malade imaginaire*, il lui prit une convulsion. Ayant remarqué lui-même que l'on s'en était aperçu, il se fit un effort, et cacha par un ris forcé ce qui venait de lui arriver. Quand la pièce fut finie, il prit sa robe de chambre et fut dans la loge de Baron, et il lui demanda ce que l'on disait de sa pièce. M. Baron lui répondit que ses ouvrages avaient toujours une heureuse réussite à les examiner de près, et que plus on les représentait, plus on les goûtait. “Mais, ajouta-t-il, vous me paraissez plus mal que tantôt. – Cela est vrai, lui répondit Molière ; j'ai un froid qui me tue.”

« Baron, après lui avoir touché les mains, qu'il trouva glacées, les lui mit dans son manchon pour les réchauffer ; il envoya chercher ses porteurs pour le porter promptement chez lui, et il ne quitta point sa chaise, de peur qu'il ne lui arrivât quelque accident du Palais-Royal dans la rue Richelieu, où il logeait.

« Quand il fut dans sa chambre, Baron voulut lui faire prendre du bouillon, dont la Molière avait toujours provision pour elle ; car on ne pouvait avoir plus soin de sa personne qu'elle en avait. “Eh non ! dit-il, les bouillons de ma femme sont de vraies eaux-fortes pour moi ; vous savez tous les ingrédients qu'elle y fait mettre : donnez-moi plutôt un petit morceau de fromage de Parmesan.” Laforest lui en apporta ; il en mangea avec un peu de pain, et il se fit mettre au lit.

« Il n'y eut pas été un moment qu'il envoya demander à sa femme un oreiller rempli d'une drogue qu'elle lui avait promis pour dormir. “Tout ce qui n'entre point dans le corps, dit-il, je l'éprouve volontiers ; mais les remèdes qu'il faut prendre me font peur ; il ne faut rien pour me faire perdre ce qui me reste de vie.” Un instant après il lui prit une toux extrêmement forte, et après avoir craché il demanda de la lumière : “Voici, dit-il, du changement.”

« Baron ayant vu le sang qu'il venait de rendre s'écria avec frayeur. “Ne vous épouvantez point, lui dit Molière, vous m'en avez vu rendre bien davantage. Cependant, ajouta-t-il, allez dire à ma femme qu'elle monte."

« Il resta assisté de deux sœurs religieuses, de celles qui viennent ordinairement à Paris quêter pendant le carême, et auxquelles il donnait l'hospitalité. Elles lui prodiguèrent à ce dernier moment de sa vie tout le secours édifiant que l'on pouvait attendre de leur charité, et il leur fit paraître tous les sentiments d'un bon chrétien, et toute la résignation qu'il devait à la volonté du Seigneur. Enfin il rendit l'esprit entre les bras de ces deux bonnes sœurs ; le sang sortait par sa bouche en abondance, l'étouffa, ainsi quand sa femme et Baron remontèrent, ils le trouvèrent mort. »

De nouveau les dévots se déchaînent. Sous prétexte que Molière est mort sans confession, sans avoir renoncé à son état de comédien, on lui refuse la sépulture religieuse. Dans *Le Roman de monsieur de Molière*, l'écrivain russe Mikhaïl Boulgakov imagine une scène où Armande, au désespoir de n'avoir aucun lieu où enterrer son mari, va supplier le roi d'intervenir. Ce dernier fait venir l'archevêque de Paris, Harlay de Champvallon. Et voici comment, selon Boulgakov, Louis XIV résout la question :

« Que se passe-t-il à propos de la mort de Molière ?

– Seigneur, répondit Champvallon, la règle interdit qu'on l'enfouisse en terre consacrée.

– Et jusqu'à quelle profondeur s'étend la terre consacrée ? demanda le roi.

– Jusqu'à quatre pieds, Votre Majesté.

– Vous voudrez bien, archevêque, l'enterrer à une profondeur de cinq pieds, dit le roi. Mais que cela se fasse sans solennité ni scandale. »

On prépare donc un enterrement discret. Molière quitte de nuit sa maison de la rue de Richelieu, aux flambeaux, au milieu des pauvres.

C'est alors qu'Armande se révèle différente de la jeune femme superficielle et sans vergogne qu'elle semblait être. Molière lui a laissé de l'argent, une belle fortune. Cette petite personne un peu trop amoureuse d'elle-même a compris la grandeur de Molière, prend le risque de maintenir la troupe et y consacre même une partie de l'argent qu'il lui a laissé. La situation de la troupe est précaire. Lully a profité de la disparition de Molière pour installer son opéra dans la salle du Palais-Royal. Armande doit acheter un théâtre rue Guénégaud pour attendre tant bien que mal la fusion de la troupe avec celle de l'Hôtel de Bourgogne. En 1680, cette fusion donne naissance à la Comédie-Française.

Quelques mois après la mort de son mari, Armande a épousé un jeune et beau comédien.

Le seul enfant survivant des Molière, Esprit Madeleine, néglige les papiers de son père et perd la malle contenant tous les manuscrits.

De telles circonstances nous conduisent à considérer que la vie de Molière ne se définit pas par les détails de son existence, mais qu'elle se trouve bien dans ses œuvres, dans la force des personnages de ses grandes pièces.

Quel est le véritable héritage que nous lègue Molière ? Je cite de nouveau Ramon Fernandez : « S'il fallait résumer son enseignement, je dirais qu'il enseigne l'art incroyablement difficile de se voir malgré soi. […] La morale de Molière ne pourrait à aucun titre former un humanisme complet ; mais aucun humanisme, jamais, ne sera complet sans Molière. »

# 22
# Intermède
## *Le Malade imaginaire*

Après avoir joué plus de quatre cents fois Molière, j'ai encore la curiosité de retrouver l'un ou l'autre de ses rôles. Molière a ceci de particulier : on est toujours en retard sur lui, notre quête est infinie.

Il est pour moi le plus grand auteur dramatique de l'histoire par son art de manier les situations. Il possède comme d'autres grands auteurs une langue prodigieuse, mais je trouve ses situations plus extraordinaires encore. Même si le cadre domestique offre une apparence de naïveté, cette normalité recèle des complexités inouïes. Contrairement à la vision cosmique et universelle d'un Shakespeare, Molière part de la vie des gens, et atteint la grandeur par en dessous.

*

*Le Malade imaginaire*, comme toutes les œuvres de fin de vie, est riche d'une existence passée à la réflexion et illustrée de nombreuses créations. Cette pièce peut d'ailleurs paraître bizarre dans sa construction : un premier acte très actif, un deuxième presque immobile et un troisième qui voit la farce arriver. Mais c'est surtout un constat sur l'existence et sa vanité. Molière rit, mais dans l'effroi.

Quand je l'ai jouée pour la première fois, j'étais un peu trop jeune. Le vieillissement est un travers que la personne vit avec souffrance, mais qui apparaît comique aux autres. Un comédien trop tendre n'incarne pas vraiment Argan.

Il y a dans *Le Malade imaginaire* un jeu à respecter entre l'apparence superficielle de l'intrigue, et la profondeur du propos. Mais la vie est ainsi : tous les matins elle paraît très simple, et le soir, très compliquée...

*

*Le Malade imaginaire* est d'abord une farce, une bouffonnerie, un mélange de Buster Keaton et de Marx Brothers ; mais elle aborde en même temps l'un des problèmes les plus graves : la présence de la mort en chaque être.

Nous sommes tous un peu Argan. Quand il demande à Toinette : « N'y a-t-il pas quelque danger à contrefaire le mort ? », le public rit. Mais si nous sommes sincères, reconnaissons qu'une part de nous-mêmes dirait la même chose qu'Argan... Qui a envie d'attirer l'attention de la Grande Faucheuse ?

*

Argan est la personnification monstrueuse de l'égoïsme humain. L'être humain est périssable, c'est normal qu'il s'intéresse à son ego. Mais Molière sacralise en même temps qu'il caricature.

*

*Le Malade imaginaire* est la pièce la plus « moliéresque » : on y retrouve cette écriture animée par l'énergie des personnages. On est au-delà des combats. Ailleurs. Comme si la pièce avait un pied ici, et un pied déjà autre part. En la relisant avec l'intention de la rejouer, vingt ans après la première fois, elle m'a bizarrement paru d'une simplicité presque infantile. C'est audacieux de bâtir une comédie sur cette simple histoire de mariage et de médecins.

Pourtant, si on laisse cette simplicité agir, on comprend la bouffonnerie : elle est grave, magique, mystérieuse. Cette pièce est un voyage vers l'angoisse. Dans mon interprétation, je privilégie le caractère passionné d'Argan. C'est un riche marchand, un homme prosaïque, berné par sa femme, aveuglé par son pouvoir. Il est le maître de son propre délire et non le jouet d'une douce folie.

*

On dit que la vieillesse rapproche de l'enfance. La vie se simplifie, se désencombre, tous les jours elle vous démunit, et les progrès de la médecine n'enlèvent rien à l'inéluctabilité de la mort. Le corps s'use et s'apprête à « rendre l'âme ».

Comment la vie obtient-elle d'un être vivant qu'il accepte de mourir sans regimber ? Peut-être l'usure fait que l'idée de se reposer définitivement n'est plus si effrayante. Quand tout vous quitte, on connaît cette espèce de légèreté, cet infantilisme troublant dont fait preuve le malade imaginaire.

On ne peut pas noircir la comédie, et non plus trop la bouffonner. Elle contient le tragique un peu drolatique de l'âge qui vous dépouille mais vous délivre aussi, vous met en un état d'abandon, d'innocence, qui donne à la pièce une tonalité préraphaélite.

La phrase de Mozart : « La mort est la meilleure amie de l'homme » m'a longtemps paru étrange, mais je la comprends aujourd'hui. Comme dans *La Flûte enchantée*, il y a dans *Le Malade imaginaire* une proximité avec la mort qui rend ces œuvres singulières. Je crois que Molière enlève les dernières pelures pour montrer très concrètement comment la conscience diminue chez un individu.

*Michel Bouquet dans* Le Malade imaginaire, *1987*

J'imagine Argan vêtu d'une espèce de barboteuse, un habit d'enfant, mais couvert d'un manteau d'intérieur extrêmement protocolaire, un manteau d'empereur de Chine, qui dit sa richesse et son pouvoir. J'imagine qu'il a fait fortune dans les soieries, puis qu'il a liquidé son négoce ; mais il a encore, au début de la pièce, des préoccupations d'homme d'affaires, comme le souci de caser sa fille. Il vit dans le luxe, mais il est démuni, ridicule à ses propres yeux, ce dont il n'a cure. Il inquiète les autres, mais lui ne se fait pas de souci. Il joue ses dernières cartes avant de disparaître.

*

À la fin, quand on suggère à Argan de se faire lui-même nommer médecin, il objecte son ignorance. Et dès qu'on lui a expliqué qu'il suffit pour devenir médecin de mettre un bonnet et de parler latin, il prononce sa dernière phrase, sublime : « Allons, voyons cela ! » Grande sottise ou grande sagesse ?

*

Cette pièce est peut-être une adresse au roi. En l'écrivant, et se sachant malade, Molière a créé un personnage qui pouvait être le reflet d'un roi guère à son avantage, dont la maladie symbolise la gangrène d'une cour hypocrite.

*

Il est impossible de faire le tour complet du *Malade imaginaire*. Cette pièce, en apparence si simple, on ne peut en saisir qu'une petite part chaque fois. Et pourtant, elle englobe l'univers. Pour un acteur, c'est une œuvre passionnante. Il peut la « malléer » à loisir. Les possibilités qu'elle offre sur le plan non seulement intellectuel mais aussi émotionnel sont infinies.

*

Ce malade imaginaire cruel, la mort le sanctifie. On pense qu'il n'est pas si malade, comme le suggère le titre de la pièce, mais à mon sens ce sont les autres qui le considèrent « malade imaginaire », alors qu'il est réellement proche de la mort. Comme Molière lui-même au moment où il l'a écrite, et encore plus au moment où il l'a jouée.

Tout malade est forcément imaginaire puisque pour un homme la mort est imaginaire. Par fatalité, pas forcément par raison. Si la mort le prend, il est incapable de comprendre. Dans la scène où Toinette dit à Argan : « Contrefaites le mort » (acte III, scène 11), elle lui demande de faire une chose qui l'angoisse au plus haut point. Ce stratagème lui permettra tout de même de constater que sa femme Béline est soulagée de sa disparition : « Le Ciel en soit loué ! Me voilà délivrée d'un grand fardeau » (acte III, scène 12) tandis que sa fille est effondrée de chagrin : « Que deviendrai-je, malheureuse, et quelle consolation trouver après une si grande perte ? » Ce sont des enfantillages, mais proches de ce que l'on ressent tous, le mystère de la vie. Molière n'est jamais aussi farcesque qu'il en a l'air.

*

Le rôle du malade imaginaire est grave mais pas seulement. Il est même souhaitable qu'il soit le plus rigolo, le plus fou, le plus insensé possible. J'aime le jouer car j'aime entrer dans ses contradictions. Ce malade est toujours émerveillé. Quand on va quitter la vie, on la trouve merveilleuse. C'est une des tristesses de la condition humaine.

Argan a encore des élans envers la vie. Il ne craint pas l'excès qu'il aime autant que la sagesse. Grâce à Molière, il y a un miracle dans cette extravagance. En tant que spectateurs, nous jugeons ses élucubrations risibles, mais nous y percevons la vie, la mort, l'éternité qu'elles recèlent.

*

Molière était très fatigué. Il craignait l'échec, il avait besoin du public pour faire entrer les recettes. Son soulagement, je crois, a été énorme de voir venir la mort, sa fin a été plutôt bienvenue.

Vivre est une chose bizarre, pas normale. Notre conception par nos parents est un accident, la plupart du temps la naissance n'est pas souhaitée. Et puis, tout d'un coup, tout cesse. Molière sent l'absurdité de cette condition, et en même temps son miracle. Il aura consacré autant de temps à dénoncer qu'à adorer l'absurde. C'est sa grandeur.

# 23
# Final
## *Jouer Molière*

*L'Avare*, *Le Malade imaginaire*, *Le Misanthrope*, *Le Tartuffe*, ces quatre chefs-d'œuvre sont insurpassables dans le registre de la comédie. On peut les abîmer facilement, c'est pourquoi la responsabilité de l'interprète est immense.

*

La nature du comédien est double, à la fois intuitive et réflexive. Il doit livrer une partie de lui-même aux intuitions, tandis qu'une autre va puiser des informations dans les secrets qu'il est parvenu à soutirer au personnage, et sur lesquelles l'intuition va travailler de nouveau. La réflexion se glisse entre ces intuitions.

À la lecture d'une pièce de Molière, je me pose toujours la question : qu'est-ce qui en fait un chef-d'œuvre ? Je reste ébloui par son tourbillon de paradoxes. Tous ses personnages sont doués de raison et de folie en même temps, ils oscillent sans arrêt. La matière organique dont ils sont pétris est un mystère : c'est en même temps beau et affreux.

Molière est un poète fulgurant, un homme qui voit tout, qui a toujours tout vu. C'est l'écrivain du concret absolu.

*

On oublie quelque chose de très important, que j'ai découvert récemment : Molière est un provocateur né, un homme proche de l'anarchie, un « bousilleur » de première. Pourtant on continue en France à voir en lui l'apôtre du bon sens et de l'équilibre. C'est un contresens, une erreur intellectuelle. Or ce point compte énormément quand on joue ses textes : savoir à qui l'on a affaire.

*

Molière possède un esprit critique d'une rare intelligence et, en même temps, il écrit en chef de troupe. Il ne cherche pas à présenter sa vision du monde, mais à libérer sur le papier des situations, des caractères théâtraux. Il a besoin de faire éclater les interdits, comme la tyrannie des parents à l'égard des enfants, la mise sous tutelle des femmes, les abus des dévots hypocrites, cela jusqu'au ridicule. C'est le sentiment que j'ai en le jouant : chez lui les humeurs commandent le sens. Au final, tout en donnant à voir une société, une époque, une humanité déterminées, ses pièces traversent les siècles.

*

Les époques changent, mais les chefs-d'œuvre de Molière se retournent dans la tombe. Toujours du bon côté. Ils sont éternels, valables dans toutes les circonstances de la vie.

*

Molière avait la passion des gens, des personnages, il se libérait ainsi de sa noirceur intérieure, dont il savait rire. On dit souvent que les grands comiques sont tristes. C'est sûrement vrai, car pour arriver au comique, il faut savoir se trouver minable. Molière est tout en contrastes : à la fois grand personnage, et plein de petitesses.

*

L'incohérence est une chose fondamentale chez tous les grands auteurs. Chez Molière, le spectateur rit parce qu'il reconnaît les vérités les plus imbéciles comme les plus profondes. De là naît le comique.

Quand Arnolphe a décidé d'enfermer Agnès, âgée de quatre ans, dans un couvent :

*Dans un petit couvent, loin de toute pratique,*
*Je la fis élever selon ma politique,*
*C'est-à-dire ordonnant quels soins on emploierait*
*Pour la rendre idiote autant qu'il se pourrait,*

(acte I, scène 1)

peut-on se montrer plus méchant dans sa naïveté ?

Et quand Argan sacralise les ordonnances des médecins, les considère avec tant de respect pour la science qu'il ne peut les comprendre tout seul : « Monsieur Purgon m'a dit de me promener le matin dans ma chambre, douze allées et douze venues ; mais j'ai oublié à lui demander si c'est en long, ou en large » (acte II, scène 2), infantilisé, terrorisé par les médecins, il perd tout bon sens.

*

Molière a lui-même payé le prix du sang, de l'angoisse, de l'épreuve. Il a, en tant que poète, combattu par le sacrilège. Il a eu le courage de s'engager avec lucidité, conscient de ce qu'il ne fallait pas faire. Il a relevé tous les défis pour obtenir ses réponses. Comme celle que reçoit Dom Juan quand le Commandeur lui prend la main et transforme son corps en un brasier ardent. Quand le risque est grand, l'angoisse n'en est que plus forte. C'est pourquoi j'affirme qu'il est le plus poétique des auteurs, lui qui a fait de sa vie et de son corps des champs de bataille, des terrains d'investigation de toutes les possibilités, de la farce au tragique jusqu'à la lucidité finale.

*

Chez Molière, il n'y a pas de psychologie, de même que chez tout grand auteur. On ne peut le jouer qu'en s'appuyant sur le concret, il faut mordre dedans comme dans la chair, dans la vie. Une pièce de Molière est de plain-pied avec le public, ses personnages sont ceux qu'on rencontre dans la vie. De leur bêtise, il fait des trésors, il crée des abîmes incompréhensibles et bouleversants qui me fascinent encore aujourd'hui.

*

Molière avait une grande culture, il avait lu les poètes latins et grecs, étudié dans le meilleur collège, condisciple des princes. Mais il était d'abord acteur et chef de troupe. Pas homme de lettres. Il n'écrivait pas pour l'humanité ni pour la postérité, seulement pour le roi et le public qui remplissait ses caisses, la Cour ou la ville, les princes et le peuple. Il suffit de regarder les registres de La Grange. Quand les recettes chutaient, Molière s'empressait d'écrire une pièce qui fasse rire, ce que le public attendait de lui. Il voulait les rentrées d'argent nécessaires pour revêtir sa troupe des plus belles robes et des plus somptueux costumes, exciter la jalousie du roi. Il écrivait en vers pour la Cour et généralement en prose pour les Parisiens.

À la vérité, c'était un grimacier, un disciple de Scaramouche qu'il avait vu plusieurs fois. Pour son premier succès, *Les Précieuses ridicules*, les acteurs étaient masqués. Puis Molière a remplacé les masques par des mimiques. Dès qu'il provoquait le rire du public par ses expressions, il passait à autre chose. Molière est un homme de franchise, mais une franchise qui se dément constamment. Car, derrière les grimaces, il cachait un mystère qui lui appartenait et qu'on ne déchiffrera jamais.

*

Je n'ai jamais tenu de rôles dans une farce de Molière : jamais Sganarelle ni Scapin. Pourquoi ? Je n'en sais rien, je n'avais peut-être pas la légèreté indispensable, la propension à la bouffonnerie. D'ailleurs, on ne me les a jamais proposés...

Dans ces pièces, c'est l'instinct de Molière qui s'exerce au point d'occulter le grand Molière.

Au début du *Médecin malgré lui*, Sganarelle est en train de battre avec un bâton sa femme, qui pousse des hurlements. Arrive Monsieur Robert qui s'interpose : « Holà, holà, holà, fi, qu'est-ce ci ? Quelle infamie, peste soit le coquin, de battre ainsi sa femme. »

À quoi Martine, contre toute attente, répond : « Et je veux qu'il me batte, moi. [...] De quoi vous mêlez-vous ? [...] Voyez un peu cet impertinent, qui veut empêcher les maris de battre leurs femmes. [...] Mêlez-vous de vos affaires » (acte I, scène 2).

Voilà une attitude énigmatique : une victime attachée à son bourreau, c'est le désespoir à l'état pur. Les farces de Molière contiennent des moments très profonds, très réels, où il ne cherche pas à se mêler de comprendre la totalité du monde.

*

Molière est le fondateur d'une lignée qui va de Saint-Simon à Proust en passant par Balzac. Il montre ce qui l'entoure : hypocondriaques, nouveaux riches, snobs, prétentieux, charlatans. Français, il ne dédaigne pas l'insolence, voire la provocation. Même si *Le Tartuffe* pouvait servir les desseins de Louis XIV, il fallait une audace frisant l'inconscience pour braver ces messieurs de la Compagnie du Saint-Sacrement.

En France, il n'y a pas d'auteur digne de ce nom qui ne mette un point d'honneur à s'opposer aux puissances menaçant les libertés.

*

Le devoir de la comédie, dit Molière, est de corriger les hommes en les divertissant.

Ce n'est pas facile, en servant quelque chose de très chaud, de faire rire en même temps. Le spectateur rit peut-être parce qu'il ne se sent pas concerné lui-même ; il rit plus rarement lorsqu'il s'agit de lui.

C'est une étrange entreprise que celle de faire rire les honnêtes gens.

Quand on joue les grands rôles de Molière, il faut arriver à la vraie naïveté, c'est-à-dire à la véritable incompréhension de soi-même. Faire rire demande comme préalable d'ignorer l'essence même de sa vraie nature.

Molière comprend que la véritable intelligence n'est pas donnée à l'homme, mais son œuvre affirme qu'il peut paradoxalement, à travers ses défauts, l'atteindre. C'est sublime. L'homme dont on s'est beaucoup moqué nous apprend, lui, beaucoup de choses.

Le rire accompagne le divertissement, mais la trace qu'il laisse est terrible. Jouer Molière, c'est faire rire et faire saisir aux spectateurs la part tragique que cache ce rire.

*

L'interprète ne doit pas se prendre pour un créateur, ni s'identifier au personnage. Le personnage est suffisamment fort pour exister par lui-même. Un grand acteur est celui qui laisse le personnage absolument libre, qui l'accueille pleinement, qui lui permet de parler à travers son corps, qui ménage son autonomie, sa réalité.

La recherche d'une attitude peut imposer au comédien des mois de travail. Cette attitude qu'il garde pendant les trois heures d'un grand rôle en scène, par exemple, fait dire au public : « C'est le personnage qui est ainsi, et non l'acteur qui le joue. »

L'acteur doit mener le public là où sont les trésors, sans lui en faire perdre un seul. Il ne s'agit pas d'un parcours subjectif, pour y arriver je compte entièrement sur l'auteur.

*

La psychologie n'est que la première marche de l'escalier qui mène au personnage : il y en a beaucoup d'autres à gravir. Si on en reste à la psychologie, on est au niveau du *Larousse illustré*. La recherche du personnage est toujours un mystère. Et soudain, comme le disait Diderot, l'acteur devient une marionnette actionnée par le personnage. J'aime ces moments, quand le personnage parle à travers moi, quand il me commande : « Ne mets pas ton bras là, ne te mets pas en colère, souris en déclamant... » Là, l'expérience devient intéressante : on n'est pas maître du jeu, on n'est pas maître de soi.

*

L'acteur doit posséder une technique d'investigation des matériaux de situation et de parole que l'auteur a mis en place. Je ne parle pas du perfectionnement de la technique, voix, articulation, souffle, arme du geste, recherche d'une forme par le corps et d'une véracité par rapport au monde de l'auteur ; je parle de la possibilité pour l'acteur d'habituer son cerveau à l'investigation des planètes différentes que représente chaque œuvre importante. Du *Tartuffe* à *Dom Juan*, de *L'École des femmes* aux *Fourberies de Scapin*, pénétrer à l'intérieur de ces matériaux, savoir comment les décrypter, en connaître les richesses, les failles, et se servir de cette préparation pour donner une forme au jeu.

*

Inutile que les acteurs se prennent la tête en pensant : « Il faut que je sois original. » Nous le sommes tous, d'emblée, puisque nous sommes uniques. Inutile aussi de se dire : « Comment vais-je être intéressant dans ce rôle ? » Nous le serons de toute manière, surtout si nous arrivons à voir le personnage et savoir quel auteur nous interprétons. La singularité vient d'elle-même, de nos lectures, de nos rôles, de leur remâchage assidu.

*

Plus on aura réfléchi à l'œuvre d'un auteur, plus on aura matière à sentir. Si l'on sent sans avoir réfléchi, on tombe dans le conventionnel. Si on ramène tout à soi, alors Molière devient identique à Marivaux ou à Feydeau. C'est Diderot qui a raison quand il dit dans

*Paradoxe sur le comédien* que celui-ci ne touchera l'auditoire que dans la mesure où lui, le comédien, ne sera pas concerné. On peut imaginer que l'acteur n'éprouve rien, mais qu'il exécute ce qu'il a ressenti au cours de son travail préliminaire, et qui lui a fait trouver une forme.

*

L'exercice principal de l'acteur est de respirer l'écriture du rôle. Tout est dans l'écriture. On ne peut pas connaître les pensées d'Alceste après une seule lecture. Seule la respiration du texte amène les éléments d'arrière-pensée qui sont la vérité de ce personnage.

Diderot dit : « L'acteur, c'est la tête de fer. » En fait, il possède une partie sensible qui va au-devant du personnage, qui s'en approche pour en connaître les secrets : c'est la partie chaude de l'acteur. Mais cette partie chaude est alliée à une partie froide qui observe ce qui se passe entre le personnage et l'acteur. On arrive à trouver des combinaisons qui nous permettront de nous emparer de la vie du personnage, de ce qu'il est, afin de le reproduire. L'acteur qui intéresse est celui qui fait apparaître un autre visage de lui, inconnu à lui-même.

L'acteur est un témoin. C'est prodigieux de se dire que d'une chose abstraite, nous pouvons faire une chose concrète. D'un destin qui ne nous concerne apparemment pas, on arrive à construire un destin qui est le nôtre. L'acteur est quelqu'un capable de se connaître dans toutes les situations.

*

Pour jouer Molière, il faut se soumettre, et non penser. Ce n'est pas une écriture normale. Comme elle est familière, on la croit simple. Mais non. Si on oublie sa difficulté, on peut s'emplafonner. Il faut être d'une vigilance incroyable : réduire, réduire, réduire.

« Trois et deux font cinq, et cinq font dix, et dix font vingt. Trois et deux font cinq. "Plus, du vingt-quatrième, un petit clystère insinuatif, préparatif et rémollient, pour amollir, humecter et rafraîchir les entrailles de monsieur." Ce qui me plaît de monsieur Fleurant, mon apothicaire, c'est que ses parties sont toujours fort civiles : "les entrailles de monsieur, trente sols". » (acte I, scène 1)

Le caractère péremptoire de l'écriture impose de dire le texte, sans faire autre chose. Il faut se laisser agripper par la poigne de fer : « Amollir, humecter et rafraîchir les entrailles de monsieur »... Il y a des comédiens qui veulent réfléchir, ajuster Molière au trivial. C'est impossible.

Jouer *Le Malade imaginaire* ou *Le Tartuffe*, c'est vouloir véritablement se faire mal.

*

Au Conservatoire, avec les élèves, j'ai beaucoup été confronté à Molière et je reste fasciné par la puissance du verbe.

Il n'y a pas une manière d'enseigner à jouer cet auteur, il faut le connaître au plus profond du mystère qu'il est, rechercher avec acharnement ce qu'il ne dit pas. Il faut lire et relire, les choses se dévoilent alors, comme par miracle.

*

Le génie de Molière est même dans les farces les plus faciles du début de la carrière, alors qu'il écrit difficilement, qu'on sent le labeur du débutant.

Une puissance d'observation incroyable. Il a des arrière-pensées très étranges, qui pourraient être celles d'un éléphant ou d'un grand primate...

*

Le privilège de mon âge fait que j'ai vu des comédiens commettre des erreurs impressionnantes. Prenons l'exemple de Raimu, par ailleurs acteur prodigieux, si extraordinaire dans Pagnol. Quand il a joué Molière, se sont dévoilées des limites qu'on ne lui connaissait pas. Malgré l'admiration qu'on peut avoir pour Molière, il est capable de vous donner une rouste sévère.

*

J'ai trouvé une image de notre mission d'acteur chez Dante. Au début du *Purgatoire*, Virgile et Dante gravissent les premières pentes de la montagne parmi les morts. Et soudain l'un d'eux, stupéfait, montre à ses compagnons Dante, dont ils ne voient que l'ombre projetée derrière les pas du Poète, et qui révèle la présence d'un vivant. Interpréter cette ombre, tel est le travail de l'acteur : donner valeur de concret à l'imaginaire.

*

J'aime mieux passer ma journée avec Molière qu'avec des auteurs contemporains pour comprendre le monde dans lequel nous sommes. Plus on vieillit, plus on doit s'attacher aux œuvres majeures.

*

J'imagine que, s'il existe un au-delà, tous les grands auteurs sont à la même table et conversent : chacun veut savoir comment l'autre s'y est pris pour exprimer tel sentiment, telle vérité. Ils s'intéressent toujours à ces questions : le style, la composition... C'est leur nature, éternelle.

L'acteur, lui, fait partie des auditeurs un peu à l'écart qui écoutent et se nourrissent de cet échange. Peu importe sa personne : elle est là, attentive. Pas la peine de se pencher sur son problème du nombril, il est comme il est, pas besoin de s'en préoccuper.

*

J'aime les auteurs plus forts que moi, ceux qui m'apportent quelque chose. De l'âge de dix-sept ans à aujourd'hui, je n'ai cessé d'admirer les génies. C'est cette passion qu'on peut nous envier, à nous, les acteurs. Plus que nos cachets !

On est avec Racine ou Molière, et on se demande : « Qu'y a-t-il dans ce cerveau ? » Comment comprendre leur bizarrerie, leur étrangeté ? Cela remplit une vie. On se retrouve comme un enfant qui apprend à lire et à compter.

*

Nous ne sommes là que pour servir ! J'ai passé ma vie à aller à la rencontre des auteurs. Il y a ceux que j'ai personnellement connus et harcelés de questions. Et les autres, distants ou morts, que je n'ai cessé d'interroger et qui me répondaient. Comment ? Eh bien, je m'accrochais tellement au texte, le lisant, l'explorant, l'interrogeant des centaines de fois, rejetant telle interprétation, telle autre, que je finissais par avoir l'impression qu'ils me soufflaient eux-mêmes la vérité.

*

Comment peut-on avoir l'outrecuidance de mettre sa propre âme en accord avec celle de Molière, ce géant ? C'est un travail de folie, on doit confronter son âme à sa propre raison, avec ce que l'on ressent. Et il faut qu'il soit là, que Molière vienne cligner de l'œil quand on joue *L'Avare*. Cette confiture est très longue et très difficile à réaliser...

*

Ce qui est embêtant avec le public, c'est qu'il est intelligent, très intelligent. Je connais des gens qui réfléchissent des mois après avoir assisté à une pièce. Certains accordent leur vie sur ce qu'ils ont vu et entendu. Lourde responsabilité pour le comédien, qui doit le rendre infiniment modeste.

*

Je n'ai pas la vanité de mourir sur scène comme Molière. Je finirai sans doute boiteux, bancal, et ce sera au public de décider si j'ai encore le droit d'entrer sur le plateau... Mais je pense que, jusqu'au bout, je garderai ma curiosité pour ses textes et leur énigme.

*

Sur scène, d'emblée, la force du verbe s'installe. Le personnage est présent, mais la force du verbe l'est avant lui.

Jouvet disait qu'on ne peut pas jouer Alceste sur des idées, car les idées sont cachées par les mots, et c'est à force de mâcher les mots que les vérités du personnage s'imposent – parce qu'un acteur c'est une respiration, une articulation, une voix, une conviction : tout va ensemble.

*

C'est une vie impossible que celle d'acteur. Il faut faire vivre un personnage différent de soi, on l'a compris. Donc, il faut parler de lui, mais avec soi pour instrument. Cette opération nécessite une objectivité rigoureuse, pour se voir exactement dans ses défauts et dans ses qualités, comprendre ce qu'il faut apporter au personnage pour le laisser s'exprimer. Au théâtre, je suis à nu.

Ce métier réclame l'humilité : si je suis angoissé ou triste et que le soir, je doive jouer une pièce où je suis joyeux, il me faut marcher sur mon humeur. C'est un métier de serviteur. Mais de serviteur heureux si j'ai une nature sincère, généreuse, si je phrase intelligemment, si je prête mon cœur au personnage.

Il faut être à la fois dans le rôle et en dehors du rôle. On vit un déchirement, une espèce de martyre. Puisque, comme dit Rimbaud, « Je est un autre », on a des milliers de possibilités devant soi. Si on réussit à faire vivre de temps en temps tous les autres qui sont en nous, on remporte une grande victoire sur la mort.

*

D'un rôle à l'autre, on ne peut pas se servir de ce que l'on connaît du métier, il faut tout réapprendre chaque fois. Je peux me contredire quarante fois dans les deux mois de répétition en préparant un rôle, et tout à coup trouver, par un effet du hasard, une illumination. On abandonne les idées fixes que l'on avait accumulées sur le personnage, les secrets que l'on avait cru découvrir : le portrait se craquelle, tout tombe, et le vrai personnage surgit.

*

Deux qualités magnifiques pour un acteur sont la pudeur et la timidité. Ce sont les gens timides qui réalisent des choses folles. Il me faut faire sauter un verrou, ce qui est possible en me disant que le personnage a besoin d'une nourriture contraire à ma nature. À force de le répéter, j'imagine le personnage et, un jour, il advient et fait le travail pour moi, à ma place, en moi.

Je choisis trois heures dans la journée pour penser à lui, tous les jours. Un rôle c'est comme un œuf. S'il y a une fissure dans la coquille, le liquide de l'œuf s'écoule. Si j'ai une brèche, le personnage ne restera pas en moi, il s'écoulera. Voir en scène quelqu'un qui me ressemble n'intéresse personne. Si je fais grandir Argan en moi, comme un embryon se développe dans un œuf solide, protégé, couvé, alors le jour venu je serai habité. Argan occupera tout mon espace intérieur.

*

C'est tout ce qui lui échappe qui fait le grand acteur, ce qu'il n'a pas prévu et qui l'étonne lui-même. En ce cas, effectivement, le personnage gouverne.

Ce n'est pas de la magie ou du vaudou, c'est mathématique. À force de se tromper, d'être mal à l'aise avec le personnage, on finit par lui demander de venir à notre secours, et à ce moment-là il nous surprend par son comportement réel. Quelle étrangeté ! Vous vous laissez gouverner par un personnage purement fictif.

*

Si, au lieu de liens d'amitié avec le personnage, s'établissent des liens de haine, alors on n'obtient rien. Il y a des personnages qui vous aiment et ils veulent bien vous le dire. Mais d'autres ne vous aimeront jamais. C'est comme dans la vie, rien à faire. On essaie.

J'ai tellement voulu rencontrer Alceste, le fréquenter. Lui n'a pas voulu.

*

C'est parce que je reste interprète que je peux regarder de l'autre côté. Si je me pensais créateur, je resterais du même côté, incapable de rien voir. Ce fait d'entrouvrir la porte contient quelque chose de sacré. C'est très émouvant, terrible, d'avoir le droit de regarder... Si j'ai repéré un peu des secrets du *Misanthrope* avant que la porte se referme – car elle va se refermer –, je peux en garder le souvenir. J'aime ce métier par-dessus tout parce qu'il rend lucide sur autre chose que soi. La plupart des gens s'observent eux-mêmes tout le temps. L'acteur a le privilège de se libérer de sa propre petite personne.

*

Le trac ? J'ai le trac de mal faire. Je voudrais bien que la peur me lâche ! En ce moment, elle a plutôt tendance à s'aggraver. Je me souviens de Gaby Morlay qui souhaitait que le théâtre brûle avant le début des représentations ! Pourtant, je sais que, dès que je serai dans le costume, il me donnera une audace insoupçonnée.

*

On me demande souvent quelle distance sépare l'homme de l'interprète. Je vais au travail avec conscience, mais pas avec plaisir. Parfois, des camarades me confient : « Ah, j'ai eu un plaisir fou à jouer. » Je ne sais pas ce qu'ils veulent dire. Chaque seconde de mon jeu doit être marquée de quelque chose de différent, ce qui me semble une tâche impossible. J'en éprouve une forme de douleur car à beaucoup de moments je suis obligé de brader.

*

Ce métier, avant tout artisanal, repose, je l'ai dit, sur une technique – le souffle, la voix, les rythmes, la musicalité, le choix des sentiments – qui se perfectionne comme le rendement d'un moteur de compétition ou la sonorité d'un instrument de musique. Le jeu devient une ascèse, et non un exercice d'explication de texte. La chair n'existe plus, les muscles n'existent plus, les yeux n'existent plus, l'intellect n'existe plus. Il ne reste qu'une exigence intérieure.

*

J'ai beaucoup de mal à m'entendre avec les autres, avec la société. Je suis, moi aussi, une sorte d'Alceste. Mais le public, je l'aime. Des gens que je n'aimerais pas dans la vie, je les aime au théâtre. Dans ce lieu, ils sont tout à coup séparés d'eux-mêmes, eux aussi un peu dans le monde de la fiction.

*

J'aimerais que le spectateur soit sensible à ce que la pièce ne dit pas, à ce qu'elle laisse en suspens.

*

Rituel des jours de représentation : j'arrive vers cinq heures et demie au théâtre, je passe tout de suite le costume pour l'occuper le plus longtemps possible. Je me maquille un peu, puis je relis entièrement la pièce, je contrôle l'état dans le miroir. J'y trouve parfois un autre chemin vers le rôle, une voie que j'aurais oubliée ou abandonnée.

À l'heure de la représentation, je suis le plus calme possible, et surtout débarrassé d'idées sur la pièce, sur le rôle. J'ai fait le vide au point que les premières répliques me surprennent. Je ne m'applique pas à reconnaître quoi que ce soit de ce que je vais entendre.

*

Mon apprentissage de la lecture a été très compliqué : il m'arrivait de lire dix fois la même phrase de grands auteurs comme Gogol, Proust, Saint-Simon..., de relire cent fois un passage pour en comprendre le sens. J'ai gardé cette habitude de lire en plissant le front : « Pourquoi il a écrit ça ? »

En ce moment, je travaille le rôle d'Orgon, et j'ai le front plissé, nuit et jour...

*

Avoir un don pour le théâtre n'est pas déterminant. Il m'est arrivé de rendre de mauvais services à des acteurs que je trouvais extrêmement doués, en leur exprimant mon admiration, ce qui ne les a pas empêchés de se tromper ou de vivre comme des imbéciles sûrs de leur talent, au lieu de vivre comme des acteurs, qui travaillent de la seconde où ils se lèvent à la seconde où ils se couchent, envoûtés par leur métier.

*

La vocation, à mes débuts, était plutôt un lieu : le théâtre, un endroit où je me sentirais bien. On m'aurait dit : « Vous n'avez aucune aptitude pour être acteur » que cela ne m'aurait pas gêné le moins du monde. Je serais devenu balayeur de plateau.

Je voulais vivre dans un théâtre, là où la vie s'organise par la volonté de créer autant d'abstrait que de concret, où la réalité prend une autre forme. L'invention du théâtre est une invention divine : représenter l'homme à l'homme, on n'a pas fait mieux. Il est encore permis d'y exprimer toutes les vérités, les gênantes comme les terribles. Si l'on a accès à Molière pour dialoguer avec son pauvre petit moi, a-t-on besoin de plus ?

*

Au festival d'Avignon, j'aime jouer en plein air, parce que l'on y retrouve un peu de l'esprit du théâtre à l'époque de Molière. Mais au plaisir se mêle un peu de gêne. Le jeu avec les éléments extérieurs est ingrat. Je me souviens d'avoir été trempé jusqu'aux os, pendant

*L'Avare*. Dans une scène où je devais ramper, je me suis retrouvé dans une flaque d'eau ! Voilà ce que j'aime au théâtre : je dois parfois me forcer pour jouer, et le soulagement vient en jouant.

*

Certains ont le don de séduire, de plaire et d'établir apparemment un rapport sans complication avec le métier. D'autres n'ont pas le même physique, pas la même aura, et ils besognent. J'étais plutôt du côté des besogneux.

*

Molière, dans un de ses placets au roi lui demandant d'autoriser son *Tartuffe*, rappelle : « Le devoir de la comédie est de corriger les hommes en les divertissant. » Et j'ajouterai que cela opère pour chacun très intimement. C'est ce qui rend le théâtre si irremplaçable. Un ensemble d'individus qui se rassemblent tout à coup dans un rire, réunis par cet artifice qui est incarné par la personne humaine : l'acteur, puis qui se séparent de nouveau, rendus à eux-mêmes.

*

Le plus dur, c'est le moment où la représentation s'arrête. Je vis très mal cette rupture, de plus en plus. La fête est finie. Tout ce qu'on a mis dans la représentation est perdu à jamais, la fiction s'évapore, Harpagon ou Argan regagnent leurs livres.

*

Aujourd'hui la place du théâtre n'a rien perdu de sa force même si la mode de l'image a pris une grande importance. Les images perdront du terrain, il y en a trop. Le théâtre restera, il est irremplaçable car il contient l'essentiel : le verbe, le texte, le rapport charnel de l'homme à l'homme.

*

Nous sommes sur terre et, franchement, nous n'y comprenons pas grand-chose... Mais Molière nous entraîne plus loin. Un peu plus loin. Je m'en rends compte aujourd'hui, à force de l'avoir aimé.

# Petite bibliographie choisie

Mikhaïl Boulgakov, *Le Roman de monsieur de Molière*, Paris, Éditions Gérard Lebovici, 1972 ; Folio, 1993.

Roger Duchêne, *Molière*, Paris, Fayard, 1998.

Ramon Fernandez, *Molière ou l'essence du génie comique*, Paris, Gallimard, 1929 ; Grasset, 1979.

Jean-Léonor Le Gallois de Grimarest, *Vie de M. de Molière*, Paris, Jacques Le Febvre, 1705.

Francine Mallet, *Molière*, Paris, Grasset, 1986.

# Crédits des illustrations

Page 10 : *Portrait de Molière*, par Pierre Mignard. Chantilly, musée Condé.
Page 14 : *Louis XIV et Molière déjeunant à Versailles*, par Jean-Auguste-Dominique Ingres. Esquisse pour le tableau *Le Déjeuner de Molière*, qui fut détruit en 1871 au palais des Tuileries. Paris, Bibliothèque-musée de la Comédie-Française.
Page 22 : *Les Farces de la rue Saint-Antoine*. Gouache anonyme, XVIIe siècle. Paris, musée Carnavalet.
Page 25 : *Arlequin et Scaramouche*. Gravure anonyme. Paris, Bibliothèque de l'Arsenal.
Page 30 : *Maurice Escande*. © Roger-Viollet.
Page 33 : *Michel Bouquet dans* Roméo et Jeannette, *de Jean Anouilh*. Paris, théâtre de l'Atelier, décembre 1946. © Studio Lipnitzki / Roger-Viollet.
Page 37 : *Madeleine Béjart*. Peinture anonyme, XVIIe siècle. Paris, collection privée.
Page 42 : *Les Agréables Divertissements de la Cour*. Gravure anonyme, XVIIe siècle. Paris, Bibliothèque nationale.
Page 46 : *Louis XIV âgé de vingt-trois ans*, par Charles Le Brun. Versailles, Musée du château.
Page 52 : *Madeleine Béjart dans le rôle de Magdelon des* Précieuses ridicules. Peinture sur marbre anonyme. Paris, collection J. Kugel.
Page 57 : *Le « Vray » Portrait de Molière dans le rôle de Sganarelle*. Gravure anonyme. Paris, Bibliothèque nationale.

Page 64 : *Mademoiselle Molière.* Peinture anonyme. Orléans, Musée des Beaux-Arts.
Page 67 : *Molière dans le rôle d'Arnolphe.* Lithographie de Delpech. Paris, Bibliothèque de l'Arsenal.
Page 69 : La Critique de l'École des femmes, *scène 6.* Gravure de Cars d'après Boucher, 1734. Paris, Bibliothèque de la Comédie-Française.
Page 71 : *Louis Jouvet dans* L'École des femmes *en 1936.* Fonds René Thomas-Coële, Lyon, Bibliothèque Diderot.
Page 76 : *Les Plaisirs de l'Île enchantée.* Gravure d'Israël Sylvestre, 1673. Paris, Bibliothèque nationale.
Page 81 : *Du Croisy dans le rôle de Tartuffe.* Lithographie de Delpech. Paris, Bibliothèque de l'Arsenal.
Page 84 : *Michel Bouquet et Delphine Seyrig, téléfilm* Le Tartuffe, *décembre 1970.* © Rue des Archives / AGIP.
Page 93 : *Louis Jouvet, dans le rôle de Dom Juan.* Paris, théâtre de l'Athénée, décembre 1947. © Studio Lipnitzki / Roger-Viollet.
Page 97 : *Jean Vilar et Michel Bouquet dans* L'Avare. Paris, Théâtre national populaire, 1962. © Studio Lipnitzki / Roger-Viollet.
Page 104 : *Le Misanthrope.* Gravure du XVIIe siècle. D.R.
Page 110 : *Michel Piccoli et Danièle Lebrun dans* Le Misanthrope. Paris, théâtre de la Ville, 1969. © Colette Masson / Roger-Viollet.
Page 115 : *Jean Racine.* Dessin de Claude Le Brun. Paris, collection privée.
Page 118 : *Maison de Molière à Auteuil.* Gravure de Felipe Gardano. Paris, Bibliothèque nationale.
Page 123 : *Charles Dullin dans le rôle d'Harpagon.* Abaca Press.
Page 127 : *Michel Bouquet dans* L'Avare. *Mise en scène de Pierre Franck.* Paris, théâtre de l'Atelier, 1989. D.R.
Page 138 : *Michel Baron dans le rôle de Cinna.* Lithographie de Delpech. Paris, Bibliothèque nationale.
Page 144 : *Jean-Baptiste Lully.* Gravure d'Edelinck. Paris, Bibliothèque nationale.
Page 148 : *Le Malade imaginaire.* Gravure d'Honoré Daumier, *ca* 1850. Paris, Bibliothèque nationale.
Page 158 : *Michel Bouquet dans* Le Malade imaginaire *au Festival de théâtre d'Anjou, 1987.* © Bertrand Rindoff Petroff / Getty Images.

# Table

Cet ouvrage a été achevé d'imprimer
en novembre 2021 dans les ateliers de
Normandie Roto Impression s.a.s.
61250 Lonrai

N° d'imprimeur : 2105361
Dépôt légal : janvier 2021
ISBN 978-2-84876-921-9
*Imprimé en France*